조선남자

朝鮮男子

-천능의 주인-

조선남자 4권

초판1쇄 펴냄 | 2020년 01월 23일

지은이 | K.석우
발행인 | 성열관

펴낸곳 | 어울림 출판사
출판등록 / 2009년 1월 23일 제 2015-000062호
주소 / 경기도 고양시 일산동구 무궁화로 43-55, 801호 (장항동, 성우사카르타워)
TEL / 031-919-0122
FAX / 031-919-0127
E-mail / 5ullim@hanmail.net

값 8,000원

ISBN 978-89-992-6319-4 (04810)
ISBN 978-89-992-6190-9 (SET)

OULIM MODERN FANTASY

K.석우 현대판타지 장편소설

조선남자

朝 鮮 男 子

-천능의 주인-

어울림

조선남자

朝 鮮 男 子

-천능의 주인-

목차

필독

　본문에 등장하는 의학용어는 가급적 현재 의학용어에 맞게 사용할 예정입니다.

　다만 의료상황이나 응급상황을 묘사함은 현실의 의료상황이나 응급상황과는 다른 작가의 작품구성 상 필요에 의해 창작되었음을 알려드립니다.

　또한 본문에서 언급하는 지역과 인간관계, 범죄행위, 법과 현 시대의 묘사는 현실과 관계없는 허구임을 밝힙니다.

조선남자

朝鮮男子

-천능의 주인-

금기의 영역(禁忌의 營域)

　양재득은 송대진이 데려온 한서영의 얼굴을 보는 순간 자신의 마음이 급해지고 있다는 것을 느꼈다.

　그야말로 근래 자신이 본 여자들 중에서 최고라는 생각이 들었다.

　늘씬하고 몸매, 큰 키와 부드러운 머리칼 그리고 흘러내릴 것 같은 큰 눈에 화장을 하지 않은 듯하였지만 백옥같은 피부까지…….

　한서영의 미모는 단연 돋보였다.

　단숨에 한서영이 마음에 든 양재득이 김동하를 바라보았다.

한순간 양재득의 미간이 좁혀졌다.

같은 남자가 보아도 눈이 번쩍 뜨일 만큼 잘생긴 사내였다.

또한 비계살로 채워진 자신의 부하들과는 달리 건장한 체격에 탄탄한 몸집을 가지고 있었다.

비대한 체격은 상대에게 위압감을 주기에는 좋다.

하지만 행동이 느리고 굼떠서 미련해 보인다는 선입견은 어쩔 수가 없다.

그것을 너무나 잘 알고 있는 양재득이었다.

김동하의 겉모습은 그야말로 날렵했다.

또한 매실을 차지하고 있는 자신의 부하들을 대하는 것이 처음인데도 위압감을 느끼지 않고 오히려 담담해 보였다.

저러니 한서영 같은 미녀가 사내의 옆에 있을 것이라는 생각이 들었다.

한순간 양재득의 기분이 나빠졌다.

양재득이 송대진을 바라보았다.

"남자 놈은 왜 데려온 거야?"

"형, 형님⋯⋯."

송대진은 두목인 양재득에게 당장 도망가라고 말하고 싶었다.

하지만 자신의 생각과는 달리 입이 떨어지지 않았다.

그때 매실로 들어온 김동하가 양재득을 바라보며 입을

열었다.

"그대가 서영 낭자를 데려오라고 시킨 사람이오?"

김동하의 눈이 매섭게 변했다.

자신이 천공불진을 열고 시간의 공간을 가로질러 이곳에 도착하기 전 인왕산의 암자에 숨어서 수련을 하던 시절에도 지금과 같은 상황이 있었다.

당시의 미친 왕(연산군)이 자신의 재위 시절, 조선 전역에서 젊고 아름다운 여자들을 왕성으로 끌어들였다.

결혼을 하여 이미 자식까지 둔 유부녀거나 아직 덜 성숙한 어린 처자들도 미색이 뛰어나면 왕이 파견한 채홍사의 손에 이끌려 왕의 축첩으로 끌려갔다.

끌려간 여자들은 그 미색의 고하에 따라 '흥청'과 '운평'이라는 칭호를 붙여 왕의 호색놀이에 동원되었다.

그 때문에 김동하의 여동생인 종희도 집 대문을 넘지 못하고 집안에서만 살아야 했을 정도였다.

그것이 얼마나 백성들의 원성을 산 일인지 김동하는 너무나 잘 알았다.

그리고 지금 그런 왕의 미친 짓이 이곳에서도 벌어지려 하는 것에 정색을 한 것이다.

또한 아래층에서 만난 자들이나 이곳에 모여 있는 자들에게서 나오는 기운이 자신의 무량기에 반응하는 것으로 보아, 절대로 좋은 자들이 아니라는 것을 단숨에 파악했다.

특히 양재득의 몸에서 흘러나오는 기운은 아래층에서 자신을 이곳으로 안내해온 송대진의 기운보다 더 사악하고 음흉했다.

그가 숨 쉬는 공기를 통해서 끈끈하고 음란한 기운이 지독한 사기와 함께 어울려 빠져 나오고 있었다.

양재득은 자신을 쏘아보고 있는 김동하를 보며 얼굴을 굳혔다.

지금까지 그 누구도 김동하처럼 얼굴을 빤히 들고 자신을 바라보는 사람이 없었다.

자신의 눈빛이 스치면 시선을 마주치지 않으려고 고개를 돌려 시선을 피하거나 아예 몸을 떨며 항거를 포기했다.

양재득의 눈빛은 항상 핏빛으로 충혈된 눈빛이었다.

그 눈빛으로 상대를 쏘아보면 단숨에 주눅이 들거나 시선을 피하는 것이 대부분이었다.

살기가 감도는 붉은 핏빛의 시선이 상대를 쏘아보면 심장이 약한 사람이라면 오금이 저리고 저절로 사지가 굳어질 정도였다.

하지만 김동하는 그런 양재득의 시선을 마주 바라보고 있었다.

더구나 전혀 겁을 먹은 것도 아니고 자신의 시선을 피하지도 않았다.

양재득의 미간에 주름이 만들어졌다.

"너 방금 뭐라고 했냐?"

김동하가 잠시 양재득의 얼굴을 바라보다가 천천히 고개를 좌우로 흔들었다.

"눈빛이 탁하여 마음이 정갈하지 못하고 미간에 살기가 가득하니, 그대를 그냥 두면 여러 사람이 다칠 것 같습니다. 더구나 내뿜는 그대의 숨결에 음란함과 사악함이 고루 골수에 박혀 있는 듯하여 차마 가까이 가기도 꺼려지는군요. 지금까지 이곳에서 내가 만났던 사람 중에 당신보다 악한 사람은 없는 듯하여 당신의 천명을 모두 회수하겠습니다."

김동하의 말에 양재득이 눈을 번쩍 치켜떴다.

잠시 김동하를 바라보던 양재득이 송대진을 향해 입을 열었다.

"저놈이 뭐라고 하는 거냐?"

양재득은 김동하가 무슨 말을 하는 것인지 전혀 이해를 하지 못하고 있었다.

송대진이 떨리는 눈으로 양재득을 바라보고 있었다.

양재득의 얼굴이 일그러졌다.

"넌 또 왜 그러냐?"

양재득은 송대진의 얼굴이 하얗게 질려 있다는 것을 그제야 발견했다.

송대진은 온몸을 사시나무 떨 듯 떨며 김동하를 바라보았다.

김동하의 얼굴은 담담했다.

한서영은 김동하의 뒤에 서서 겁먹은 얼굴로 주변을 바라보고 있었다.

보이는 사람들마다 조금 전 1층에서 김동하에게 천명을 뺏긴 사람들과 같은 모습들이었다.

보는 것만으로 숨이 턱턱 막힐 정도로 비대한 체격의 남자들이 묘한 시선으로 자신을 바라보고 있었다.

양재득이 얼굴을 찌푸리며 김동하와 한서영을 바라보다 입을 열었다.

"야! 골치 아프고 속 시끄러우니까 누가 저놈을 끌고나가. 무슨 말을 하는 것인지 모르지만 교육을 좀 시켜야 할 것 같다. 그리고… 너!"

양재득이 한서영을 바라보았다.

핏발선 양재득의 시선이 한서영을 바라보자 그녀의 몸이 움찔했다.

양재득의 눈빛만 보아도 가슴이 철렁 내려앉을 것 같은 두려움이 엄습했다.

한서영으로서는 이런 느낌은 처음이었다.

누구에게도 절대로 위축감이나 위압감을 느끼지 않았던 한서영이다.

자신의 앞에 김동하가 버티고 있다고는 하나, 양재득의 시선을 받는 순간 몸이 굳어져 아무 것도 할 수 없다.

한서영의 얼굴이 하얗게 질려가고 있었다.

양재득이 그런 한서영을 바라보며 나직하게 말했다.

"넌 겁먹지 말고 이리 와서 내 옆에 앉아."

양재득은 서초구 일대에서 무소불위의 파워를 자랑했다.

더구나 '한신용역'이라는 번듯한 사업체를 차려놓고 불법적인 일을 대행하며 알게 된 대기업과의 친분으로 막강한 인맥까지 가지고 있었다.

경찰로서도 건드리기가 거북했기에 대기업과의 인맥까지 자신의 배경으로 삼고 있는 양재득은 그야말로 밤의 대통령 같은 권력을 누렸다.

그 때문에 그 누구도 양재득을 건드리지 못했다.

대기업과 연관되어 있다면 그 배후에는 고위 권력자까지 도사리고 있을 것은 뻔했다.

그 때문에 지금 이곳 황실옥에서도 그에게 함부로 시비를 거는 사람이나 항의를 하는 사람도 없었다.

오죽하면 황실옥의 주인은 돈을 받지 못하더라도 양재득이 빨리 황실옥을 떠나주기만을 바랄 정도였다.

그런 그가 지금 한서영을 찍은 것이었다.

뛰어난 머리로 공부를 해서 의사의 길을 선택했던 한서영은 난생 처음 자신이 살고 있는 평범한 세상이 아닌, 영화에서만 보았던 것 같은 또 다른 세상과 만나고 있었다.

한서영의 눈이 커졌다.

양재득의 핏발선 눈빛은 그야말로 눈빛만으로도 사람을 죽일 것 같은 살기까지 서려 있는 느낌이었다.

한서영의 몸이 굳어지자 김동하가 몸을 돌려 그녀를 바라보았다.

"걱정하지 말아요. 소생이 지켜드리겠습니다. 그 누구라도 서영 낭자를 건드리지 못하게 하겠습니다."

김동하는 아까 1층에서 그저 단순한 생각만 하고 있었다가 한서영을 머리를 건드리는 것을 보고 두 번 다시 그런 상황에 한서영을 놓아두지 않을 생각이었다.

한서영이 살짝 떨리는 목소리로 대답했다.

"우, 우리 그냥 돌아가면 안 될까?"

한서영은 조금 전 1층에서 김동하의 엄청난 능력을 보았다.

하지만 2층의 분위기는 아래층과는 또 다른 느낌이었다.

그것은 그야말로 막연한 두려움이고 공포였다.

십여 명의 거한들이 둘러앉은 2층의 매실 방 안은 그야말로 답답함이 느껴질 정도로 꽉 차있었다.

양재득은 김동하와 한서영이 대화를 하는 것을 보며 얼굴을 찌푸렸다.

"그냥 보고 있을 거야? 이 새끼들아. 내가 일어서야 해?"

양재득의 말에 김동하의 가까이에서 김동하의 얼굴을 올려다보던 사내가 놀란 얼굴로 다급하게 일어섰다.

120kg이 넘는 체구에 가슴이 드럼통처럼 넓은 사내였다.

얼마나 살이 찐 것인지 볼살이 출렁거리고 있었다.

"제가 데리고 나가 교육을 좀 시키겠습니다, 큰형님!"

"꼭 내가 소리를 쳐야 알아 처먹냐? 덩어리만 키우지 말고 대가리에 든 것도 키우란 말이다. 이 새끼들아. 그리고 대진이, 넌 나가서 작은 방 하나 더 예약해."

양재득의 말에 송대진이 움칠했다.

그는 자신도 모르게 한발 물러섰다.

그런 그의 모습을 김동하가 무심히 바라보았다.

송대진은 김동하의 시선을 받자마자 마치 그물에 걸린 듯 전신을 움직일 수가 없었다.

한발이라도 움직인다면 조금 전에 1층에서 부하인 김영기와 안창수 그리고 이광기가 당한 것처럼 자신도 삽시간에 80대의 노인처럼 늙어버릴 것 같은 두려움을 느낀 것이었다.

양재득은 그런 송대진을 보며 혀를 찼다.

"모자란 새끼."

나직하게 말한 양재득이 자신과 가장 가까운 자리에 앉은 부하를 보며 고개를 끄덕였다.

"네가 저년 이리로 데려오고 나가서 방 하나 예약하고 와."

"예! 큰형님."

양재득의 시선을 받은 또 다른 거구의 사내가 일어섰다.

그때 김동하를 교육시키겠다고 일어선 사내가 한서영을

바라보며 입을 열었다.

"이봐! 넌 지금 큰형님이 부르시잖아?"

거구의 사내가 한서영을 향해 양재득이 있는 방향으로 턱을 슬쩍 밀어서 방향을 가리켰다

한서영이 자신도 모르게 김동하의 뒤로 숨었다.

그녀로서는 이 방 안에 있는 모든 사내들이 짐승처럼 보였다.

한서영으로서는 남자에게 이렇게 위축되어본 적이 없었다.

언제나 당당했고 누구에게도 자신이 여자라는 이유로 물러선 적이 한 번도 없었던 한서영이었다.

하지만 지금은 달랐다

거구의 사내들이 자신을 바라보는 눈빛이 마치 거머리처럼 찰싹 달라붙어 자신의 피를 빨아 내는 것처럼 소름이 끼쳤다.

김동하와 마주선 사내는 김동하와 비슷한 키였지만 덩치만큼은 김동하와 비교를 할 수가 없었다.

사내가 김동하를 보며 살찐 볼살을 흔들며 입을 열었다.

"넌 날 좀 따라 나와야 쓰겠다. 너한테 교육 좀 시키라고 한 분이 어떤 분인지 가르쳐줄게. 그리고 나한테 교육받고 난 후에 곧장 집으로 돌아가야 할 거야. 행여 여자를 데려가려고 여기를 다시 기웃거리다가는 그때는 진짜로 뒈질 거니까 말이다."

사내가 김동하의 어깨를 손으로 짚었다.

순간 송대진의 눈이 커지고 있었다.

김동하는 자신의 어깨를 짚는 사내의 손을 한손으로 가볍게 틀어쥐었다.

"이곳에서 저 사람을 보는 순간 단순히 천명을 회수하는 것으로 너희들을 단죄하지는 않을 것이라고 결심했어. 막내 해진사숙의 몸에서 느꼈던 그 사악함보다는 못하였지만 그렇다고 그냥 두기에는 너무 사악하니까 말이야."

양재득을 향해 차가운 눈빛을 던진 김동하의 입에서 처음으로 누군가에게 하대를 하는 말이 흘러나왔다.

김동하는 등 뒤의 한서영이 잔뜩 겁을 먹고 있다는 것을 느꼈다.

그것은 김동하가 양재득을 필두로 한 뉴월드파의 패거리들을 어떻게 처리해야 할지 결단을 내리게 만들었다.

이자들 모두의 천명을 뺏어서 두 번 다시 한서영과 같은 여자들을 괴롭히지 못하게 하리라 마음먹었다.

하지만 그전에 먼저 처리해야 할 것이 있다고 판단했다.

단순하게 천명만 뺏는 것은 양재득을 비롯한 뉴월드 패거리의 몸에서 흘러나오는 지독한 악취와 같은 사악한 기운을 지우는 대가로 부족했다.

김동하는 한손으로는 한서영의 손을 잡고 한손으로는 자신의 어깨에 손을 올린 거구의 사내 손을 가볍게 잡았다.

순간 김동하의 어깨에 손을 올린 사내의 얼굴이 하얗게

변하고 있었다.

"이, 이거……?"

김동하가 차가운 얼굴로 입을 열었다.

"천명을 회수하기 전에 네가 품은 사악함으로 인해서 고통 받은 사람들의 아픔을 먼저 느껴 보거라."

우드드득—

한순간에 뼈가 으스러지는 소리가 섬뜩하게 들려왔다.

"꺼거거걱."

김동하의 손에 손이 잡힌 사내가 비명도 아닌 괴이한 기성을 흘렸다.

그의 벌어진 입을 타고 침이 흘러나왔다.

하지만 김동하는 그의 손을 놓지 않았다.

한서영은 김동하가 잡고 있는 드럼통 같은 사내의 손이 종잇장처럼 구겨진 것을 보았다.

으스러진 사내의 손등을 뚫고 허연 뼛조각이 위쪽으로 튀어 나왔다.

인간의 손이 저렇게 으스러지는 것은 의사인 한서영도 처음으로 보는 광경이었다.

삽시간에 사내의 얼굴이 하얗게 질려가고 있었다.

김동하가 나직하게 말했다.

"이 손으로는 수저를 들기도 힘들 것이다. 남은 천명이 얼마 없을 테니 굳이 너의 그 아둔해 보이는 몸집을 키우기 위해 밥을 먹을 일도 없을 거야."

22

김동하의 발이 손목이 잡힌 사내의 정강이를 걷어찼다.

뻐억—

콰직—

"끄아악!"

처절한 비명이 사내의 입에서 터져 나왔다.

사내의 통나무 같은 다리통이 반대편으로 꺾이고 무릎 쪽으로 뭉툭한 막대기 같은 것이 바지 안쪽에서 위쪽으로 툭 튀어나와 있었다.

무릎의 관절이 반대방향으로 꺾이며 피부를 뚫고 나온 것이었다.

비대한 체구의 사내가 쓰러질 듯 휘청였지만 어찌된 일인지 김동하의 손에 잡힌 사내는 바닥으로 쓰러지지 않았다.

김동하의 단순한 발길질은 그야말로 천근의 무게를 담고 있었다.

한 아름이 넘는 바윗덩이라고 해도 김동하가 무량기를 제대로 실어서 찬다면 모래처럼 부서져 나갈 힘이었다.

사내의 입에서 너무나 처절한 비명소리가 터져 나오며 매실을 쩌렁 울렸다.

순간 김동하가 한서영의 손을 잡고 있던 반대편의 손을 놓으며 사내의 목 아래쪽을 찔렀다.

쿡—

"크르륵."

사내의 입에서 마치 가래가 끓는 소리가 흘러나왔다.

상대의 목 아래 성대를 움직이는 아혈을 눌러버린 것이
었다.

김동하의 얼굴은 얼음처럼 차가웠다

"천명이 다할 때까지 말을 할 필요도 없을 것이니 벙어리
로 살아야 할 것이다."

말을 마친 김동하가 하얗게 눈을 까뒤집고 있는 드럼통
같은 사내를 가볍게 양재득이 있는 방향으로 밀어버렸다.

순간 거구의 사내가 상 위로 엎어지며 나뒹굴었다.

와당탕—

와장창—

콰지지직—

사내의 거구에 못 이긴 매실의 음식상이 그대로 부러지
며 차려진 반찬과 양념들이 사방으로 튀었다.

그야말로 물 한 잔 마실 정도로 빠른 찰나의 순간에 벌어
진 일이었다.

양재득은 너무나 순식간에 벌어진 일이었기에 일어서지
도 못하고 멍한 얼굴로 김동하를 바라보았다.

그때였다.

부들부들—

정신을 잃은 드럼통 같은 사내가 몸을 떨면서 경련하고
있었다.

한순간 양재득의 얼굴이 하얗게 질려가고 있었다.

스스스스스스.

몸을 떨고 있는 비대한 드럼통 같은 체격의 부하가 한순간에 살이 빠지며 머리가 하얗게 세었다.

피부 또한 노인처럼 쭈글쭈글한 모습으로 변하고 있었다.

"허억!"

양재득이 자신도 모르게 앉은 자세로 뒤로 물러났다.

하지만 그의 비대한 체격으로 인해 마치 물속에서 물장구를 치는 어린아이처럼 두 다리만 움직일 뿐 그의 엉덩이는 미동도 하지 않았다.

김동하의 표정은 차가웠다.

"성도의 뒷골목에서 노는 왈패나 파락호들이라 하여도 여염집의 여자를 탐하려면 눈치를 보고 세인의 이목을 살핀다. 허나 시퍼런 백주대낮에 너희들과 하등 상관없는 처자에게 음심을 품고 탐하고 머릿속에 패륜과 패악으로 사심이 가득한 자들이 모여 작당하여 악행을 저지르는 것에 주저함이 없으니 내 너희들에게 하늘을 대신하여 그 죄를 물을 것이다. 단 한 놈도 그냥 놓아두지 않을 것이니 단단히 각오하거라."

김동하의 얼음장 같은 말에 이미 김동하의 가공할 능력을 미리 겪었던 송대진이 두려움을 못 이기고 도망칠 생각을 하고 있다가 바닥에 털썩 주저앉았다.

털썩—

"사, 살려주십시오."

송대진은 1층에서 겪었던 김동하의 가공스러운 힘이 2층에서는 더 한층 강해졌다고 생각했다.

1층에서는 단순하게 천명을 뺏어가는 것으로 인해서 한순간에 부하들을 노인으로 만들어 버린 것이었다.

하지만 이곳 2층에서는 그것과 함께 너무나 참혹한 손속을 보여주고 있었다.

양재득의 지시로 한서영을 양재득에게 데려가려고 다가왔던 사내가 놀란 얼굴로 김동하를 바라보았다.

김동하의 두 눈 속에 도깨비의 불같은 푸른 불빛이 일렁이고 있었다.

그는 자신도 모르게 뒤로 물러나려 했지만 이미 김동하의 손이 움직였다.

김동하가 한서영을 데려가려고 다가온 사내의 어깨를 잡았다.

콰직—

사내의 어깨를 잡은 김동하의 손이 가볍게 쥐어지자 사내의 어깨에서 뼈가 부서져 나가는 소리가 들렸다.

김동하의 손이 사내의 어깨 위에서 접혀졌다.

접혀진 김동하의 손으로 인해서 사내의 어깨 한쪽이 함몰되며 동시에 그의 팔 하나가 마치 고깃덩이처럼 덜렁였다.

"크악!"

사내의 입에서 다시 비명소리가 터져 나왔다.

하지만 김동하의 손이 다시 그의 목 아래 성대를 움직일 수 없도록 아혈을 눌렀다.

"그르르륵."

사내의 입에서 가래가 끓는 그르륵거리는 소리만 흘러나올 뿐이었다.

몸을 비트는 사내의 전신이 부들부들 떨리고 있었다.

사내의 두 눈은 하얗게 까뒤집히고 몸은 부들부들 떨리고 있었다.

하지만 김동하는 사내의 어깨를 놓아주지 않았다.

덕분에 사내는 쓰러지지도 못했다.

다시 사내의 다리 쪽을 걷어차자 사내의 다리가 단숨에 부서져 나갔다.

콰직—

우드드득—

이번에는 사내의 정강이가 반대편으로 꺾였다.

아까의 드럼통 같은 몸집을 가진 사내의 체격과 비슷한 사내였지만 김동하의 가벼운 발길질은 그런 비대한 사내를 어린애처럼 가지고 놀았다.

김동하의 손속은 너무나 잔인했다.

야비하고 사악한 성정을 가지고 있던 막내사숙인 해진사숙으로 인해 가족과 헤어져야 했다.

당시에는 힘이 없어서 사숙의 눈을 피해서 은신해야 했

던 그 노기가 해진사숙과 비슷한 기질을 가지고 있던 양재득을 만나면서 분노로 변해버린 것이었다.

한서영은 김동하가 이렇게 무서워 보인 것은 처음이었다.

손을 쓰는 것에 단 한 치의 망설임도 없고 그 손속이 너무나 매정하고 잔인했다.

멀쩡하게 천명만 회수하면 될 것을 뼈가 부서지고 살점이 너덜거릴 정도의 투기까지 곁들였다.

그것으로 인해서 지금의 김동하가 마치 저승사자처럼 느껴질 정도였다.

자신의 앞에서 얼굴을 붉히고 어린아이처럼 순박한 모습을 보였던 김동하가 한순간에 이렇게 달라질 수 있다는 것이 놀랍기만 했다.

한서영의 눈에 김동하의 발에 채여 뼈가 부서진 채 바지를 뚫고 삐죽 튀어나와 있는 거구의 사내 다리가 보이고 있었다.

저렇게 다치면 평생 불구를 면치 못할 정도라는 생각이 한서영의 머리를 스쳐갔다.

사내는 이미 엄청난 고통에 정신을 잃은 것인지 축 늘어져 있었다.

김동하가 늘어진 사내를 힐끗 바라보다가 하얗게 질린 얼굴로 자신을 주시하는 양재득을 향해 던졌다.

마치 가벼운 베게 하나 던지는 것처럼 너무나 쉽게 사내

의 몸이 양재득을 향해 날아갔다.

콰득—

양재득은 자신의 앞에서 좀 전까지 자신의 시중을 들어주던 뉴월드파 행동조직대장인 조형근이 한순간에 비계 덩어리가 되어 자신에게 날아들자 정신이 아득해졌다.

조형근의 몸뚱이가 양재득의 몸 위로 떨어졌다.

콰당탕—

털퍼덕—

양재득은 조형근의 몸을 안고 뒤로 나뒹굴었다.

자신이 조직한 뉴월드파의 서열 3위인 조형근은 평생 싸움에서 져본 적이 없다고 자랑하고 다니던 동생이었다.

특히 그의 손에 누구라도 잡히는 날이면 반드시 몇 달 정도는 병원에서 신세를 질 정도로 전신의 뼈를 분질러 놓는다고 알려졌다.

특히 상대의 몸에 칼날을 박아놓고 상대의 표정을 보면서 칼날을 비틀어 살점이 갈라지는 소리를 생생하게 들어야 상대에게 제대로 된 공포를 심어줄 수 있다고 다른 동생들에게 가르치기도 했다.

그런 조형근이 그야말로 걸레처럼 구겨져 자신을 덮친 것이었다.

밀어내려 했지만 이미 정신을 잃어 몸이 구겨진 조형근은 당황한 양재득이 밀어내려 해도 잘 밀려나지 않았다.

정신을 차리고 있는 사람의 무게보다 정신을 잃은 사람

의 무게가 더 무거운 법이었다.

양재득이 조형근을 내려다보았다.

순간 양재득의 온몸에 소름이 돋았다.

스스스스스스스스스—

좀 전의 부하처럼 조형근의 머리칼이 하얗게 변하면서 머리숱이 빠지기 시작했다.

동시에 살이 쪄서 팽팽하던 그의 얼굴 위로 자글자글한 주름이 마치 불 위에서 구워지고 있는 마른오징어처럼 너무나 생생하게 패여 나가기 시작했다.

"어어억……!"

양재득이 놀라서 조형근을 밀어내려 했지만 정신을 잃은 그의 몸은 요지부동이었다.

하지만 주름이 만들어지고 쪼글쪼글한 얼굴로 변하면서 몸무게까지 빠져 나가자 겨우 조형근의 몸을 밀어낼 수 있었다.

몸을 뺀 양재득이 발악하듯 소리쳤다.

"뭐해. 새끼들아. 저 새끼 막아!"

양재득의 말에 놀란 얼굴로 앉아 있던 사내들이 우르르 일어났다.

부두목급인 행동대장 조형근이 당하고 자신의 동료 한명이 당한 것은 그야말로 한순간이었다.

너무나 빠른 시간동안에 벌어진 일이었기에 사내들이 미처 움직일 여유조차 없었다.

서걱―

서걱―

사내들의 손에 하얀 날이 번득이는 칼이 쥐어지고 있었다.

한서영의 눈이 찢어질 듯 부릅떠졌다.

칼은 언제나 한서영에게 섬뜩한 느낌을 주고 있었다.

병원에서 수없이 사용했던 메스도 그렇고 작은 갈고리처럼 생긴 작은 메스의 칼날도 보기만 해도 섬뜩한 느낌이 들었다.

그런 한서영에게 사내들이 들고 있는 칼날은 메스보다 더 섬뜩한 느낌이었다.

김동하의 눈이 차갑게 가라앉았다.

이미 손을 쓰기로 마음먹은 이상 사내들을 단 한 사람도 그냥 놓아둘 생각이 없었다.

뉴월드파의 사내들은 한순간에 황실옥의 2층이 난장판이 되었지만 전혀 겁먹지 않았다.

오히려 피를 보는 순간 사내들의 눈이 뒤집힌 듯 느꼈다.

큰형님인 양재득이 있는 한 경찰도 두려울 것이 없었고 칼을 휘두르는 것에도 부담이 없었다.

무슨 일이 있어도 큰형님인 양재득이 나서면 해결된다는 것을 알고 있었다.

더구나 황제옥이 난장판이 되었지만 신고도 하지 못할 것이다.

신고하는 날은 아마 황제옥은 더 이상 장사를 하지 못하게 될 것이고 그뿐만 아니라 두고두고 뉴월드의 패거리들에게 앙갚음을 당해야 한다는 것을 알고 있었다.

황제옥 뿐만 아니었다.

뉴월드 패거리를 알고 있는 곳이라면 어디든 이와 관련된 것은 신고를 할 엄두도 내지 않았다.

양재득의 눈에 찍힐 경우 장사를 접는 것만으로 끝나는 것이 아니라는 것을 알고 있었기 때문이다.

그 때문에 사내들은 칼을 사용하는 것을 전혀 개의치 않았다.

"뭔 짓을 한 건지 모르지만 넌 오늘 여기서 죽었다."

제법 강단 있게 생긴 사내 한 명이 김동하를 보며 이를 앙다물며 나직하게 중얼거렸다.

사내의 눈에도 핏발이 떠올라 있었다.

한쪽에서 숨을 헐떡이던 양재득이 소리쳤다.

"씨발, 죽여도 좋으니까 그 새끼 날려버려!"

양재득은 자신의 눈앞에 서 있는 김동하가 마치 귀신처럼 느껴졌다.

자신을 쏘아보던 얼음장 같은 시선에 몸서리가 처지고 있었다.

그가 엉금엉금 기어서 매실의 문 쪽으로 향했다.

김동하가 부하들을 상대하는 동안 몸을 피하려는 것이었다.

한쪽에 부두목인 송대진이 엉덩이를 들고 머리를 벽 쪽으로 숙인 채 몸을 떨고 있는 것이 보였다.

양재득의 어금니가 깨물어졌다.

계집을 데려오라고 시켰더니 마귀와 같은 엄청난 능력을 가진 남자 놈을 같이 데려온 것이 바로 송대진이었다.

"개자식."

양재득이 덜덜 떨고 있는 송대진을 쏘아본 후 엉금엉금 기어서 매실의 입구 쪽으로 향했다.

그런 그의 눈에 하얗게 질린 얼굴로 자신을 내려다보고 있는 한서영의 다리가 눈에 들어왔다

한서영은 양재득이 기어서 자신이 있는 방향으로 다가오자 놀란 얼굴로 바라보고 있었다.

김동하는 칼날을 들고 다가서고 있는 양재득의 수하들을 바라보고 있는 중이었다.

김동하로서는 행여 자신이 방심해서 한서영이 다칠 경우를 대비하고 있었기에 사내들의 손에 들린 칼에 신경을 집중하고 있었다.

자신 혼자라면 사내들의 손에 들린 칼 따위는 전혀 개의치 않을 김동하였다.

"엄맛!"

한서영은 바닥을 엉금엉금 기어서 자신이 있는 방향으로 다가서고 있는 멧돼지같은 몰골의 양재득을 보았다.

그녀는 자신도 모르게 살짝 비명을 지르며 김동하의 팔

을 껴안았다.

김동하가 흠칫하며 한서영이 있는 방향을 바라보다가 한서영의 시선이 바닥을 향하고 있는 것을 보며 같은 방향으로 시선을 던졌다.

그의 눈이 한서영과 자신을 올려다보고 있는 양재득과 마주쳤다.

김동하의 눈이 차갑게 반짝였다.

그의 발이 가볍게 사내들이 식사를 하던 상을 찼다.

툭—

한순간 상 위에 놓여 있던 고기를 자르기 위한 가위가 허공으로 튀어 올랐다.

투둑—

허공으로 튀어 오른 가위를 낚아챈 김동하가 바닥을 기고 있는 양재득을 향해 가볍게 던졌다.

쉭—

손잡이만 플라스틱으로 만들어진 가위는 은빛을 번득이며 그대로 양재득의 오른손 위로 떨어졌다.

퍼억—

가위의 날이 그대로 양재득의 손등을 뚫고 박혀들었다.

손잡이만 남고 그대로 바닥에 박혀든 가위는 마치 바위에 철심을 박혀드는 듯 엄청난 힘으로 박혀 들어갔다.

"끄악!"

양재득의 시뻘건 입이 쩍 벌어졌다.

손등을 뚫고 들어간 가위는 그야말로 손잡이만 남고 단단한 방바닥에 박혀서 손이 전혀 움직이지 못하게 만들었다.

가위가 박혀들면서 자신의 손뼈를 갈라놓았다.

머리끝부터 발끝까지 엄청난 전기가 흐르는 듯한 통증이 양재득의 몸을 관통하고 있었다.

"끄아아아악!"

양재득의 미간에 혈관이 솟아올랐다.

남은 왼손으로 가위를 뽑으려 했지만 조금만 힘을 주어도 자신의 손등을 꿰뚫은 가위로 인해 엄청난 통증이 느껴졌다.

더구나 얼마나 단단하게 박혀든 것인지 전혀 가위는 움직이지도 않았다.

양재득의 얼굴이 시뻘겋게 달아오르고 있었다.

전신에서 식은땀이 흘렀고 얼굴은 이미 질퍽한 땀으로 목욕을 한 듯 범벅이었다.

양재득을 움직이지 못하게 만든 김동하가 남아 있는 사내들을 향해 몸을 돌렸다.

뉴월드파의 조직원들은 두목이자 큰형님인 양재득이 김동하에게 당하자 아귀처럼 아우성을 치며 달려들었다.

"죽엇."

쉬익—

사내 한 명이 김동하의 목을 노리고 칼을 휘둘렀다

한눈에 보아도 면도날처럼 날카로운 칼날이었고 스치기만 해도 살점이 갈라질 만큼 섬뜩한 예기가 느껴졌다.

하지만 김동하는 전혀 동요하지 않았다.

콰악—

휘둘러지는 사내의 칼날을 김동하가 움켜쥐어버렸다.

자신이 휘두른 칼날을 김동하가 움켜쥐자 칼의 손잡이를 잡은 사내가 이를 악물었다.

칼날을 김동하의 손에서 빼낸다면 김동하의 손은 손가락 하나 남지 않고 잘려나갈 것이었다.

"미친 새끼."

사내가 온힘을 다해 칼날을 뽑아냈다.

콱—

덩치로 본다면 김동하보다 40kg 이상은 더 나갈 것 같은 사내는 힘이라면 자신이 김동하보다 강할 것으로 생각했다.

하지만 그의 생각은 너무나 단순했다.

뉴월드파의 행동 대장이었던 조형근을 그야말로 어린아이처럼 집어던져 버린 김동하의 가공할 힘을 잠시 잊은 것이다.

전신의 힘을 다해 칼날을 뽑았지만 칼날은 전혀 미동도 하지 않았다.

"엇?"

그때였다.

우드드득—

김동하가 움켜쥔 칼날이 비스킷처럼 부서져 나갔다.

한순간 사내의 안색이 하얗게 질려가고 있었다.

칼날을 맨손으로 움켜쥐고 산산조각 낸다는 것은 그가 살아오면서 한 번도 들어본 적 없고 본 적도 없었다.

하지만 자신의 눈앞에서 칼날이 부서지면서 그의 손에는 칼의 날이 사라진 자루만 남았다.

김동하의 차가운 얼굴이 그의 눈에 들어오고 있었다.

순간 그는 자신의 칼을 든 손이 반대편으로 꺾이는 것을 보았다.

정상적인 상황이라면 절대로 꺾여서는 안 되는 방향이었다.

따악—

콰드득—

그의 귀에 너무나 섬뜩한 파열음이 들렸다.

동시에 그의 팔에서 온몸에 소름이 끼칠 정도의 극악한 통증이 느껴졌다.

"끄악!"

비명을 지르는 그의 입에 무언가 틀어박히고 있었다.

콱—

사내의 얼굴이 하얗게 질렸다.

자신의 입속에 틀어박힌 것은 기묘한 방향으로 부러진 자신의 손이었다.

그의 팔은 마치 뼈가 없는 연체동물처럼 완전히 접혀서 살점으로만 팔에 연결되어 있었다.

부러져 나간 팔의 살을 뚫고 뼈가 튀어 나와 있었다.

그리고 뼈의 끝을 타고 흘러내리는 시뻘건 피가 조금 전까지 식사를 하던 상 위로 뚝뚝 떨어져 내리고 있었다.

"읍! 읍!"

사내가 자신의 팔을 뽑아내기 위해서 반대편 손을 움직였지만 반대편의 팔도 한순간 엄청난 고통이 느껴졌다.

우지지직—

두 팔이 모두 같은 모양으로 변해버린 것이다.

"어어어어……."

자신의 손을 입에 문 사내가 눈물을 흘리며 머리를 흔들어 자신의 손을 입에서 빼내려 했다.

하지만 입에 틀어박힌 자신의 손은 마치 자신과는 전혀 상관이 없는 막대기처럼 느꼈다.

또한 얼마나 단단하게 틀어박힌 것인지 아무리 머리를 흔들어도 빠지지 않았다.

"어허허허허……."

자신의 손을 입에 문 사내가 눈물을 흘리며 김동하를 바라보았다.

손에 칼을 들면 두려운 것이 없다고 생각하며 살아온 사내에게 지금 눈앞에 보이는 김동하는 그야말로 시선조차 마주치는 것이 두려운 사신같았다.

사내의 눈에 자신의 동료가 똑같이 자신처럼 당하는 모습이 들어오고 있었다.

뻐벅—

자신의 동료는 자신과는 달리 두 다리까지 완전히 부서져 바닥에 구겨지고 있었다.

사내는 눈물을 흘리며 야차와 같은 김동하에게서 멀어지려 뒤로 비척이며 걸음을 옮겨 물러나려 했다.

하지만 그것은 그의 생각일 뿐이었다.

뒤로 물러서려던 그의 다리가 김동하의 발길질에 의해서 옆으로 부러져 나갔다.

콰득—

부서진 그의 다리뼈가 살점을 세로로 쭈욱 찢으며 발꿈치까지 빠져 나갔다.

그의 눈에 하얗다 못해 시퍼런 빛이 감도는 자신의 다리뼈가 보였다.

뼈를 감싸고 있는 골막과 찢겨져 덜렁이는 자신의 다릿살이 너무나 섬뜩했다.

"으흐…흐흐흐……."

비명을 지를 수 없었기에 자신의 입에 틀어박힌 손을 물고 눈물부터 흘렸다.

살면서 이런 공포는 처음이었다.

다른 사내들도 마찬가지였다.

김동하에게 접근하는 순간 그들의 몸은 너무나 처참하게

부서져버렸다.

삽시간에 매실의 안 쪽은 역겨운 피비린내로 가득했다.

조금 전까지 싱싱한 한우의 고기를 구워먹고 있었던 곳이었지만 지금은 한우 대신 너덜거리는 뼈와 살점들로 방안이 채워지고 있었다.

김동하가 뉴월드파의 조직원 10여명을 단숨에 해치운 것은 그야말로 차 한 잔 마실 시간도 걸리지 않았다.

손속에 사정을 두지 않기로 결정했기에 한수 한수가 모두 살수에 버금갈 정도로 단호했다.

김동하가 사내들에게 내리는 단호한 단죄의 장면을 모두 지켜본 한서영의 안색은 너무나 창백했다.

본과 4년차에 재학 중 개복수술을 하는 환자의 수술 장면을 참관했을 때에도 지금과 같은 역겨운 장면은 없었다.

또한 의사면허를 따고 난 이후 인턴시절에도 수술 장면을 보았지만 지금과 같은 비참한 모습은 본적이 없었다.

사방에서 사내들의 억누른 신음소리가 흐르고 있었다.

바닥에 쓰러진 사내들을 냉정한 시선으로 지켜본 김동하가 몸을 돌렸다.

그는 오른 손등을 뚫고 들어간 가위를 뽑아내기 위해서 팥죽같은 땀을 흘리는 양재득을 보았다.

양재득은 김동하의 시선이 자신을 향하자 온몸에 소름이 돋았다.

마치 자신을 지옥으로 끌고 가려는 저승사자의 눈길로

보였다.

"제, 제발……!"

양재득은 살고 싶었다.

지금까지 살아온 인생에서 이 순간은 자신이 가장 무언가를 잘못 선택한 시간이었다.

양재득은 자신의 호색한 성격이 지금 이 순간 가장 원망스러웠다.

할 수만 있다면 10분 전으로 돌아가서 여자를 데려오라고 했던 자신의 명령을 철회하고 싶었다.

아니, 자신에게 김동하의 옆에 서 있던 한서영을 발견했던 송대진의 면상을 뜯어놓았다.

모든 것이 한서영을 발견한 송대진 때문이라는 생각이 들자 그의 어금니가 깨물리며 원독스런 표정으로 송대진을 노려보았다.

자신의 부하들을 처리하면서 단 한 번도 손에 사정을 두지 않았던 김동하였다.

그렇기에 자신에게도 역시 같은 손속을 쓸 것이라고 예상했다.

양재득의 부하들 중 목숨을 잃은 사람은 아직 없었다.

하지만 양재득은 김동하의 손에 당한 자신의 부하들이 모두 죽어버린 것처럼 느꼈다.

팔다리가 꺾이고 신음조차 흘리지 못하고 있는 부하들의 모습은 그야말로 도살장에서 도축된 가축들의 살코기를 늘어놓은 듯 참혹했다.

양재득의 몸에 소름이 돋아났다.

자신이 아무리 조직세계의 두목이라고 해도 시퍼런 대낮에 김동하처럼 사람을 죽이는 짓은 할 수가 없었다.

하지만 김동하는 전혀 망설이지 않았고 곧 자신도 김동하에게 자신의 부하들처럼 당할 것이라는 두려움에 몸을 떨었다.

김동하의 눈이 양재득의 얼굴을 냉담하게 바라보고 있었다.

김동하의 뒤쪽에 서 있는 한서영은 지금의 상황을 어떻게 빠져 나가야 할지 두려웠다.

김동하가 살던 과거에는 이런 식으로 사람을 해친다고 해도 빠져 나갈 구멍이 있을지 몰랐다.

하지만 지금은 대통령의 권력을 가진 사람이라고 해도 절대로 그럴 수 없었다.

한서영의 표정이 눈에 띄게 어두워지고 있었다.

김동하는 한서영의 그런 마음을 모르는 것인지 전혀 개의치 않는 모습이었다.

* * *

김철진 계장이 윤경민 부장검사의 얼굴을 힐끗 살폈다.

인왕산에서 윤경민 부장검사가 찾아오라던 거지의 행방

을 찾지 못한 것이 내내 마음에 걸렸다.

윤경민 부장검사의 지시로 인왕산을 샅샅이 뒤졌지만 어디에서도 거지의 행방을 찾을 수가 없었다.

전해들은 대로라면 한눈에 보아도 거지의 모습을 알 수 있을 거라 여겼다.

하지만 인왕산 근처의 홍제동과 청운동, 무악동, 옥인동 일대의 지구대에 문의해도 거지의 행방은 묘연했다.

그야말로 자신이 찾아올 것을 미리 알고 있었던 것처럼 행방을 감추어 버린 것이다.

다행히 윤경민 검사는 자신에게 거지를 찾았는지 묻지 않았다.

그것이 오히려 더 윤경민 부장검사의 눈치를 살피게 만들었다.

"여기 한일그룹 최태민 회장의 이틀 동안의 행적에 관한 자료입니다."

책상 위에 서류철을 내려놓는 김철민 계장이 힐끗 윤경민 부장검사의 얼굴을 살폈다.

그의 얼굴은 경직되어 있었다.

다미원에서 최태민 회장과 후배인 장성영 검사와 만났던 것은 그에게는 결코 유쾌한 일은 아니었다.

힐끗 김철민 계장이 내미는 서류를 바라보던 윤경민 부장검사가 물었다.

"뭐 색다른 내용이 들어 있었습니까?"

단순하게 집과 회사를 왕복하는 일기와 같은 자료라면 들춰볼 필요도 없을 것이었다.

다미원에서 만난 이후 최태민 회장은 자신이 발송한 출석요구서에 기다렸다는 듯이 병원에 입원해서 검찰출석을 회피하기 시작했다.

강남의 고급아파트를 제시하며 자신을 회유하려 했던 것이 오히려 더욱 불리한 상황을 만들었다고 인식한 것인지 아예 중병에 걸린 것처럼 병원으로 입원해 버린 것이다.

뉴스에서도 한일그룹 최태민 회장의 갑작스런 입원을 비중 있게 보도하고 있었다.

근래에 들어서 반포동 아파트 가스폭발사고로 화제가 되었던 정체를 알 수 없는 붉은 복면을 한 의인과 한일그룹 부동산의 부당거래 의혹을 사고 있는 최태민 회장의 입원이 뉴스에서 가장 큰 이슈라고 할 수가 있었다.

반포동의 가스사고 현장의 모습이 찍힌 CCTV의 영상은 흐릿했지만 사람의 모습이 틀림없는 것으로 보였다.

하지만 영상속의 인물에 관한 실체가 없으니 증명을 할 수가 없었다.

더구나 당시에 출동했던 소방대원은 그 인물의 흔적도 보지 못하였다고 하였다.

다만, 화재가 난 아파트에서 가까스로 목숨을 구한 일가족 중에서 아주머니가 화재를 진압하게 위해 집으로 들어온 소방대원에게 횡설수설하며 털어놓은 이야기로는 '여

자의 속옷을 뒤집어 입은 남자가 자신들을 구해주었다'고 했다.

참으로 우습기도 하면서 놀라웠다.

하지만 그럼에도 그런 남자의 행방은 어디에도 발견되지 않았다.

머리에 여자속옷을 뒤집어 쓴 의인이 세상에 등장했다는 소식은 SNS를 비롯하여 인터넷의 포털사이트를 통해 퍼져 나갔다.

그러나 그 실체는 지금까지 오리무중이었다.

그저 황당한 소동으로 사람들의 입을 통해 전해지고 있을 뿐이었다.

윤경민은 그런 변태스러운 의인보다는 자신을 회유하려한 최태민 회장이 오히려 더 신경이 쓰였다.

뉴스를 통해 텔레비전의 화면에 등장한 최태민 회장은 금방이라도 목숨이 위태로울 것 같은 심각한 병세처럼 보이고 있었다.

휠체어를 타고 얼굴을 가린 마스크로 얼굴을 가린 최태민 회장은 무척이나 초췌한 모습이었다.

겉으로 본다면 금방이라도 임종을 맞이할 정도였다.

그런 그가 불과 이틀 전에 다미원에서 자신에게 강남의 고급아파트를 건네려 했다는 것이 우습고도 가증스러웠다.

최태민 회장과 함께 자신을 다미원으로 초대한 후배 장

성영 검사도 그날 이후 자신의 방은 일절 얼씬도 하지 않았다.

윤경민 부장검사의 성질을 알고 있는 것인지 그로서는 자신의 행동이 실수였다고 생각하고 있는 모양이었다.

윤경민 부장검사의 물음에 김철민 계장이 대답했다.

"그게… 저기 최태민 회장의 행적을 조사한 파일에는 기록하지 않은 것인데 좀 더 조사를 진행해 보아야 할 것 같은 게 있습니다."

"뭔가요?"

"제보가 하나 들어왔는데…….."

말끝을 흐리는 김철민 계장이 윤경민 부장검사를 바라보았다.

윤경민 부장검사의 눈이 예리해지고 있었다.

"뭡니까?"

"최태민 회장에게 은밀히 뒤처리를 해주는 자들이 있다고 합니다. 이번에 검사님께 제보가 들어온 한일그룹의 토지에 관한 부당거래를 제보한 제보자의 처리와 관련이 있다고 들었습니다."

순간 윤경민 부장검사의 눈이 섬뜩하게 빛났다.

"그러니까 한일그룹 최태민 회장의 부당거래를 검찰에 제보한 제보자를 최태민 회장의 지시를 받고 처리하려는 자들이 있다는 말입니까?"

"예…….."

김철민 계장은 아직 확실하게 조사가 된 것은 아니었지만 윤경민 부장검사도 알고 있어야 할 것이라 생각해 실토했다.

더구나 그 이름을 윤경민 부장검사가 듣게 된다면 잊고 있었던 나쁜 기억을 되살려줄 수도 있었기에 망설였던 것이었다.

제보는 제보일 뿐 아직 확실하지도 않은 정보로 자신이 모시는 윤경민 부장검사에게 스트레스를 줄 수는 없다고 생각했던 김철민 계장이었다.

만약 윤경민 부장검사가 알게 된다면 확실하지 않은 일에 수사력을 소모할지도 모른다는 그만의 배려였다.

윤경민 부장검사의 눈이 번득였다.

"그자가 누굽니까?"

김철민 계장이 머뭇거리며 대답했다.

"부장님도 아시는 잡니다."

"내가 아는 자라고요?"

"예! 양재득이라는 자입니다."

"양재득?"

윤경민 부장검사의 눈이 커졌다.

김철민 계장이 입을 열었다.

"부장님도 아시다시피 양재득은 여러 곳에 관련이 되어 있는 자입니다. 한신용역이라는 회사를 차려 겉으로는 멀쩡한 회사를 운영하고 있는 것으로 보이지만, 그자가 뉴월드파라는 조직의 실제 두목이라는 것을 잘 아시지 않습니까? 그놈의 배후에 동신그룹과 일진건설, 청해그룹 등 굵직한 기업이 관련이 되어 있고 그 때문에 확실한 물증이나 증거가 없이 그자를 건드리지도 못하고 있는 것이 사실이 아닙니까? 특히 동신그룹이 연관이 되어 있다면……."

김철진 계장이 힐끗 윤경민 부장검사의 눈치를 살폈다.

윤경민 부장검사의 얼굴도 굳어졌다.

그 역시 양재득에 관해서는 그 누구보다 잘 알고 있었다.

자신이 애송이 검사시절부터 양재득과 관련된 사건을 많이 맡았지만 그때마다 위선의 압력이 있었다.

또한 대기업에서는 양재득 사건 전담으로 선임한 변호사들을 보냈다.

유능한 변호사들의 변론으로 미꾸라지처럼 빠져 나간 자였다.

표면적으로는 양재득이 직접 자신의 손을 더럽히는 일이 없었다는 것이 그를 놓아줄 수밖에 없는 이유가 되었다.

어떤 식으로 기소를 해도 기소단계를 넘지 못하거나 아니면 법정에서 변론을 통해 자신의 손을 빠져 나간 참으로 얄미운 자가 바로 양재득이다.

더구나 근래에는 양재득이 동신그룹과 관련되어 있다는 것이 참으로 고약한 일이었다.

동신그룹은 대한민국 재계서열 10위권의 대기업이다.

또한 대한민국 재계서열 3위의 영진그룹과는 사돈관계

의 기업이었다.

그리고 영진그룹의 배후에는 대한민국 제 3당의 영향력을 가진 세민당의 3선 의원 유정호 의원이 버티고 있었다.

유정호 의원은 세민당에서 차기 대권후보로 가장 유력한 인물이었다.

한동안 잊고 있었던 양재득이라는 이름이 등장하자 윤경민 부장검사는 어금니를 꽉 깨물었다.

윤경민 부장검사가 이를 악물 듯 중얼거렸다.

"세민당의 유정호 의원이 관련되어 있겠군?"

김철민 계장이 머리를 끄덕였다.

"그렇습니다. 그래서 양재득이라는 놈의 제보가 들어와도 조심스러운 것이었습니다."

"흠……."

김철민 계장의 말에 윤경민 부장검사가 침음성을 흘렸다.

잠시 눈을 깜박이던 윤경민 부장검사가 김철민 계장을 바라보았다.

"한일그룹의 최태민 회장과 양재득이 관련되어 있다는 제보를 해온 제보자의 신분은 확인 하셨습니까?"

양재득은 적이 많은 사람이었다.

그는 대기업으로서는 처리하기 곤란한 일을 대신 처리해 주었다.

그리고 그 대가로 자신의 세력을 빠르게 키웠다.

또한 그런 양재득의 뒤를 유력한 정치인이 암중에서 보호해 준다면 양재득을 건드리는 것은 쉽지 않은 일이었다.

그 덕분에 양재득은 타 조직의 세력권을 합병하거나 아니면 흡수하여 점점 덩치를 키워가고 있었다.

그런 양재득에게 적이 없을 리는 없을 것이다.

김철민 계장이 머뭇거리며 대답했다.

"실은 그 때문에 부장님께 보고를 드리는 것도 조심스러웠습니다. 그놈이 하도 사방에 적이 많은 놈이어서 괜히 그놈을 견제하기 위해 거짓제보를 한 것이 아닌지 의심스러웠거든요. 특히 제보자가 겁이 많은 것인지 자신을 밝히지 않았습니다. 달랑 투서 하나가 전부였습니다."

"그런 놈에게 한일그룹의 최태민 회장이 연결되었다니 기가 막히네요."

윤경민 부장검사가 자신의 손으로 미간을 짚었다.

자신이 생각해도 머리가 아파지는 것이었다.

만약 양재득이 최태민 회장의 비리를 제보한 제보자를 노린다면 윤경민에게는 반드시 필요한 증인이 사라지는 셈이었다.

어쩌면 양재득이 그 제보자를 처리하고 난 이후에 최태민 회장이 병원에서 나와 검찰에 자진 출두할 수 있을 것이었다.

윤경민 부장검사가 물었다.

"지금 양재득은 어디에 있습니까?"

양재득의 주변을 조사하면 한일그룹의 부당거래를 제보한 제보자의 신변에 접근하는 순간을 포착할 수도 있을 것이었다.

만약 양재득의 입을 통해 최태민 회장의 사주를 실토 받을 수 있다면 그보다 더 좋은 증거는 없을 것이었다.

김철민 계장이 머뭇거렸다.

"아직 위치를 파악하진 못했습니다. 아마 한신용역의 사무실에 있지 않을까요?"

윤경민 부장검사의 눈이 깜박였다.

"한신용역의 총 인원이 얼마나 됩니까?"

김철민 계장이 대답했다.

"양재득의 뉴월드파 조직원 전부가 한신용역의 직원이라고 생각하시면 될 겁니다. 상부간부조직원만 17명이고 각 상부간부조직의 휘하에 중간간부들이 5명 정도 배치되어 있는 것으로 알려졌습니다. 근래 들어와 크고 작은 조직들을 흡수하면서 계속 세력을 팽창시키고 있기에 현재로서 파악된 것만 해도 하부조직원까지 모두 합치면 근 300명이 넘는 인원입니다."

윤경민 부장검사의 눈이 찌푸려졌다.

"조직원 전부를 감시하는 것은 힘들겠군요?"

혐의자 1명을 감시하기 위해서는 검찰 수사관 2명에서 3명까지 인원이 배치되어야 한다.

1대 1로 감시를 하거나 혐의자의 근황을 추적하는 것은 사실상 불가능한 일이었다.

잠시 눈을 감고 있던 윤경민 부장검사가 한숨을 쉬듯 말했다.

"일단 양재득의 위치를 파악하고 한신용역이라는 곳의 동태를 살펴보세요. 힘들지 모르지만 행운이 있다면 꼬리를 잡을 수도 있을지 모르겠습니다."

김철민 계장이 머리를 끄덕였다.

"알겠습니다."

그때였다.

윤경민 부장검사의 책상 위 전화기가 울렸다.

삐리리리리릭—

김철민 계장은 윤경민 부장검사의 전화기가 울리는 것을 들으며 이내 방을 빠져 나갔다.

인왕산에 대해서 묻지 않은 것에 김철민 계장은 괜히 자신의 가슴을 쓸어내리며 한숨을 불어 냈다.

김철민 계장이 방을 나가자 윤경민 부장검사가 전화기를 들었다.

딸칵—

"여보세요?"

지친 듯 말하는 윤경민 부장검사의 목소리에는 힘이 빠져 있었다.

그의 귀로 굵직한 남자의 목소리가 들려왔다.

—윤 부장?

한순간 윤경민 부장검사의 눈이 부릅떠지고 있었다.

"한변?"

윤경민 부장검사는 전화기를 통해 들려오는 상대의 목소리만으로도 상대가 누군지 알 수 있었다.

한동식 변호사.

자신과 사법연수원 동기생이며 2년 전 검찰항명파동으로 검사복을 벗고 현재는 서울의 로진로펌의 변호사로 일하는 친구였다.

검사 시절부터 자신과는 절친하게 지내던 사이였기에 윤경민은 단번에 한동식 변호사의 목소리를 알아들었다.

윤경민 부장검사가 눈을 껌벅였다.

"자네가 웬 일이야?"

—하하, 꼭 일이 있어야 전화를 하나?

"무슨 일이야?"

윤경민 부장검사의 머릿속에 한동식 변호사의 무식해 보이는 얼굴이 떠올랐다.

검사 시절 자신에게 배당된 피의자를 무식하게 주먹으로 두들겨 패던 한동식 변호사였다.

강도질을 위해 침입한 주택에서 몸이 불편한 여인을 어린 딸이 보는 앞에서 강간하려다 잡혀서 들어온 피의자였다.

더구나 잘못을 뉘우치기는커녕 자신의 강간이 실패했다는 것을 이유로 자신의 죄가 없다며 큰 소리를 쳤다.

이후 그야말로 피오줌을 쌀 정도로 한동식에게 폭행을 당했다.

그는 그것을 빌미로 오히려 한동식 검사를 고발하려던 파렴치한이었다.

그 때문에 한동식이 한참 애를 먹었다는 기억이 떠올랐다.

어떠한 일이 있어도 검사가 피의자를 폭행하는 것은 명백하게 위법이고 불법이었다.

하지만 그런 한동식 변호사의 다혈질적인 성격 때문에 주변에 친구들이 거의 없었다.

외고집이고 말보다 주먹이 빨랐기 때문이다.

윤경민 부장검사의 귀로 한동식 변호사의 말이 들려왔다.

―안 바빠?

"바빠."

윤경민 부장검사가 장난치듯 툭 내 뱉었다.

―하하, 안 바쁜 거 다 알아. 네가 맡은 한일그룹의 최 회장이 입원한 상태인데 뭐가 바빠?

윤경민 부장검사가 혀로 입술을 핥았다.

겉보기에는 영락없이 산적같은 한동식이었지만 머릿속은 잔꾀로 유명한 친구였다.

"뭔데?"

―나와. 내가 밥 살게. 그리고 너한테 해줄 말이 있어.

한동식 변호사가 나직하게 말했다.

"해줄 말이 있다고?"

윤경민 부장검사의 미간이 좁혀졌다.

해야 하는 말을 돌려서 말하는 것을 싫어하는 한동식이다.

그것을 너무나 잘 알고 있는 윤경민 부장검사였다.

한동식의 목소리가 다시 들렸다.

—손해는 안 볼 거야. 나와 봐.

한동식의 말에 윤경민 부장검사가 자신의 아랫배를 내려다보았다.

그러고 보니 점심식사를 하는 것도 잊고 있었다.

요즘 들어 스트레스를 받는 게 너무 많아지고 있다는 생각에 밥 대신 술 생각이 났다.

잠시 눈을 깜박이던 윤경민 부장 검사가 결심한 듯 입술을 깨물었다.

"좋아. 나갈게. 근데 밥 대신 술이나 한잔하는 것이 어때?"

—술?

"그래."

—술 좋지. 밥이랑 술이랑 같이 먹어도 되니까 말이야 하하.

윤경민 부장검사가 눈썹을 찌푸리며 입을 열었다.

"비싼 데는 안가. 다미원 같은 곳 말이야."

다미원은 윤경민에게는 왠지 불편하고 부담스러운 느낌이 드는 곳이었다.

　그곳에 가면 최태민 회장에 관한 불쾌한 기억이 되살아날 것 같은 기분도 들었다.

　—하하. 나 돈 없어. 다미원은 나도 싫어. 그냥 고기 구우면서 한 잔 하자.

　"고기 좋지."

　—황실옥으로 와.

　한동식이 황실옥이라는 말을 하자 윤경민 부장검사가 입맛을 다셨다.

　고기가 맛있는 곳으로 제법 이름이 알려진 곳이었다.

　간혹 윤경민 부장검사도 직원들과 함께 그곳에서 식사를 했다.

　황실옥은 가게가 유명세를 타고 이름이 알려짐에도 가격의 변함이 없고 고기의 질과 원산지를 속이지 않았다.

　그만큼 그 주인이 정직한 사람이라는 것이다.

　간혹 가게의 이름이 알려지고 맛집을 소개하는 블로그들의 영향을 받으면 그 유명세의 틈을 타 고기의 질을 하향시키거나 가격을 인상하는 것이 많았다.

　하지만 황실옥은 그런 곳이 아니었다.

　"황실옥이라 괜찮지."

　황실옥은 검찰청에서 그다지 멀지 않은 곳이었다.

　걸어서 10분 정도의 거리에 위치해 있었고 택시를 타면

기본요금이 적용되는 곳이었다.

"알겠어. 그쪽으로 가지."

—그래. 잠시 후 보자고 하하.

딸칵—

전화가 끊어졌다.

잠시 전화기를 내려다보던 윤경민 부장검사가 이내 전화기를 내려놓고 윗옷을 걸치면서 문을 열었다.

밖으로 나가니 사무실의 직원들이 윤경민 부장검사를 바라보고 있었다.

"나 나갈 테니 시간들 되면 퇴근해요. 영장청구 들어오면 급한 게 아니라면 미뤄 줘. 아니면 장 부장에게 보내던지."

후배검사의 영장청구서가 들어오면 부장검사인 자신의 결재를 받아야 하지만, 급한 게 아니라면 하루쯤 밀어도 상관없었다.

사무실의 직원들이 급하게 자리에서 일어섰다.

김철민 계장이 물었다.

"급한 일이십니까?"

김철민 계장의 말에 윤경민 부장검사가 대답했다.

"한번 만나러 갑니다. 할 이야기가 있다고 하더군요."

"한동식 검사, 아니 변호사님 만나신다고요?"

"예! 뭐 김 계장도 바쁘지 않으면 따라 오셔도 됩니다. 황실옥으로 가니까."

순간 김철민 계장의 눈이 반짝였다.

"황실옥이요?"

"예."

황실옥은 직원들의 회식 때 가끔 들르는 곳이었고 음식 맛도 일품이었다.

김철민 계장이 주섬주섬 자신의 옷을 챙겼다.

윤경민 부장검사는 다른 직원들을 바라보다가 미안한 표정을 지었다.

"이거… 나랑 김 계장이랑만 나가서 미안하군. 하지만 요번 금요일 저녁에 황실옥에서 회식하도록 하지. 미리 예약까지 해놓을 테니 금요일까지는 좀 서운해도 참아요."

"네!"

"감사합니다, 부장님."

윤경민 부장검사의 말에 직원들의 얼굴이 환해졌다.

근래 들어와서 부서 회식한지도 오래되었기에 오랜만의 회식이 반가운 직원들이었다.

이내 윤경민 검사와 김철민 계장이 사무실을 나섰다.

사무실의 시계가 오후 2시를 갓 넘어가고 있었다.

기적과의 재회(奇蹟과의 再會)

"오랜만이네요, 최 사장님?"

한동식이 황실옥의 정문으로 들어서며 카운터에 서 있는 50대의 남자를 보며 빙긋 웃었다.

최기문은 안으로 들어서고 있는 한동식을 보며 눈을 크게 떴다.

"하, 한 검사님?"

황실옥의 사장 최기문은 한동식이 검사 사표를 쓰고 검사 옷을 벗었음에도 여전히 그를 '한 검사'라고 부르고 있었다.

겉으로 보면 한동식은 전혀 검사라는 느낌이 들지 않았다.

오히려 건설현장에서 일하는 일용직 노동자가 양복을 걸친 모습처럼 약간은 어색해 보이는 느낌이었다.

하지만 그가 얼마나 의리가 있는 사람인지 너무나 잘 알고있는 최기문 사장이었기에 그를 여전히 검사로 기억하고 있는 것이었다.

한동식이 입을 벌리며 웃었다.

"하하, 검사 그만 둔지가 언젠데 아직도 검사입니까?"

"그, 그게……."

최기문 사장은 그야말로 하늘에서 동아줄이 내려온 기분이었다.

위층에서 벌어지고 있는 너무나 무서운 일에 그로서는 어찌 할 바를 모르고 발만 동동 구르고 있는 것이 지금의 상황이었다.

위층의 소동에 그나마 식사를 하던 손님들까지 몽땅 식사를 그만두고 황실옥을 빠져 나가버린 것이다.

위층의 매실 안에서 어떤 일이 벌어지고 있는지 알 수는 없었다.

다만, 매실의 문을 열 수도 없었고 위층의 싸움에 경찰을 부를 수도 없었다.

뉴월드파의 야비한 응징을 알고 있었고 행여 경찰을 부른다고 해도 양재득이라는 이름을 듣는 순간, 개입하기를 꺼릴 것이 너무나 뻔했다.

경찰들의 손에 연행되어 간다고 해도 금방 나올 것은 뻔

했다.

 그들이 나오면 애꿎게 신고를 했다고 황실옥만 피해를 보게 될 것이다.

 이러지도 못하고 저러지도 못하는 상황이었기에 최기문으로서는 그저 빨리 지금의 상황이 끝나기를 빌었다.

 위층에서 들려오는 시끄러운 소리는 삽시간에 황실옥을 썰렁하게 만들어 놓았다.

 싸움이 벌어지는 곳에서 한가하게 식사를 할 손님은 없었다.

 들어오던 손님조차 자리에 앉으려다 이내 위층에서 들려오는 소리에 기겁을 하고 도로 빠져 나갔다.

 어렵게 얻은 명성과 힘들게 쌓아올린 황실옥의 이미지가 한 번에 무너지는 느낌이었다.

 더구나 위층으로 올라간 두 남녀가 어떻게 반항을 하는 것인지 양재득의 패거리들에게 얻어터지고 있다는 생각이 들었다.

 하긴 그렇게 아름다운 여자라면 호색기질이 다분한 양재득이 그냥 놓아둘 리는 없을 것이다.

 젊은 사내는 자신의 여자를 지키기 위해서 양재득의 패거리들에게 악착같이 달려들고 있을 것이다.

 하지만 뉴월드파의 패거리들에겐 전혀 통하지 않을 거라 생각했다.

 젊은 사내가 반항을 하는 것인지 위층의 매실에서 비명

소리가 끊임없이 들려왔다.

또한 식탁을 비롯한 집기가 박살나는 소리가 아래층까지 울렸다.

이미 위층에서 일하던 여급들과 2층 담당 지배인까지 아래층으로 도망치듯 내려 와 있었다.

자신들에게도 봉변이 떨어질까 위층으로 올라가기가 두려운 것이었다.

그렇다고 이대로 넋을 놓고 위층의 사태가 마무리되기를 기다릴 수는 없었다.

그리고 조금 전부터 그렇게 시끄럽던 소리가 더 이상 들려오지 않고 있었다.

싸움이 마무리 된 모양이라고 생각했지만 그렇다고 문을 열어볼 수는 없었다.

최기문에게 양재득은 그야말로 귀신보다 더 무서운 사람이었기 때문이었다.

한동식은 최기문 사장의 얼굴이 굳어 있는 것을 보며 이마를 찌푸렸다.

"무슨 일입니까?"

한동식의 말에 최기문 사장이 머뭇거렸다.

양재득의 이름을 언급하기가 두려운 것이었다.

"그게……."

최기문 사장이 머뭇거리자 한동식이 고개를 돌려 황실옥의 홀 매니저를 바라보았다.

홀 매니저가 힐끗 최기문 사장의 눈치를 보다가 한동식의 얼굴을 정색하며 바라보았다.

더 이상 입을 닫고 숨길 수는 없는 일이라고 생각한 것인지 홀 매니저가 단호한 표정을 지으며 입을 열었다.

"실은 2층에 양재득 씨가 와 있습니다."

순간 한동식의 얼굴이 굳어졌다.

"양재득?"

"예."

"뉴월드파의 양재득을 말하는 것이지요?"

"그렇습니다. 같은 사무실의 사람들하고 지금 매실에서 회식을 하고 있는 중입니다."

"그래요?"

한동식의 눈이 커졌다.

그제야 참지 못한 것인지 최기문 사장이 나섰다.

"지금 위층에서 깨고 부수고 난리도 아닙니다. 식사를 하던 손님들도 놀라서 죄다 빠져 나갔고요."

한동식이 눈을 깜박이며 물었다.

"지들끼리 술 처먹다가 싸우는 것입니까? 미친놈들이네, 이거."

한동식이 굳은 얼굴로 위층으로 올라가는 계단을 바라보았다.

당장이라도 뛰어 올라갈 생각인 듯 그의 얼굴이 딱딱하게 굳어져 있었다.

지금은 변호사의 신분이지만 한때는 열혈검사로 조직폭력배 같은 자들에겐 '호랑이'라고 불릴 정도로 다혈질적이었던 한동식이었다.

최기문 사장이 말렸다.

"그게 아니라 아까 우리 가게에 어떤 손님들 두 분이 들어오셨는데 근데 그 손님들 중에 여자 손님이 기가 막히게 예쁜 분이셨습니다."

"예?"

뜬금없는 여자 손님이라는 말에 한동식이 놀란 표정을 지었다.

그때였다.

"안 들어가고 뭐해?"

한동식의 뒤에서 윤경민 검사와 김철민 계장이 안으로 들어서고 있었다.

"어! 윤 부장. 김 계장도 오셨군요."

한동식의 인사에 김철민 계장이 머리를 숙였다.

"오랜만입니다. 한 검사님."

"하하. 내가 검사 그만둔 지가 언젠데 아직도 검사라고 부르십니까?"

김철민 계장이 웃었다.

"한 변호사님이라고 부르는 것보다는 한 검사님이라고 부르는 것이 간단하고 좋아서요. 하하."

"허허… 김 계장님도 참."

윤경민이 한동식과 최기문 사장을 바라보았다.

최기문 사장은 윤경민 부장검사가 가게로 들어서자 반색을 하고 있었다.

"아이고, 윤 검사님?"

"오랜만입니다. 최 사장님."

"아이고… 조금만 더 일찍 좀 오시지요."

최기문 사장의 말에 윤경민 부장검사의 얼굴이 살짝 굳어졌다.

"무슨 일이 있습니까?"

윤경민 부장검사의 말에 한동식이 나섰다.

"2층에 양재득이 와 있단다."

"뭐……?"

한순간 윤경민 부장검사의 얼굴이 굳어졌다.

옆에서 듣고 있던 김철민 계장의 얼굴도 딱딱하게 굳었다.

우연치고는 참으로 기막혔다.

조금 전까지 자신의 머릿속을 혼란스럽게 만들었던 자가 이곳에 있다는 말에 윤경민 부장검사로서는 헛숨이 터져 나올 정도였다.

하지만 당장 양재득을 어찌 할 수는 없는 일이었다.

단순하게 식사를 하고 있다면 그것으로 끝이다.

윤경민 부장검사가 고개를 돌려 한동식과 최기문 사장을 바라보았다.

한동식이 입을 열었다.

"윤 부장까지 왔으니 아까 하려던 말씀, 계속하시죠."

한동식의 말에 최기문 사장이 자신의 가슴을 쓸어내렸다.

그로서는 경찰 한 개 중대가 온 것보다 윤경민 부장검사가 왔다는 것이 더 안심이 되었다.

윤경민 부장검사의 명성은 최기문 사장에게는 경찰 수백 명보다 더 든든했기 때문이다.

윤경민 부장검사가 한동식을 보며 물었다.

"무슨 일인데?"

"양재득이 위층에서 개지랄을 떨고 있었던 모양이야. 최 사장님은 무서워서 신고도 못하고 손님도 몽땅 도망 가버리고……."

"뭐라고?"

윤경민 부장검사의 눈이 치켜떠졌다.

그가 최기문 사장을 바라보며 물었다.

"차근차근 설명해 보세요. 제가 처리해 드리도록 하겠습니다."

최기문 사장이 머리를 끄덕였다.

"예! 설명드리겠습니다. 그러니까 아까 점심시간 무렵에 양재득 씨가 같은 사무실에서 근무하는 직원들 십여 명하고 여기 2층의 매실에서 식사를 하고 있었습니다."

한동식이 이마를 찌푸리며 끼어들었다.

"그 깡패새끼들한테 '씨'가 뭡니까? 그리고 양재득이랑 같이 온 그 새끼들은 직원들이 아니라 그냥 양재득이 부하들이겠지요."

한동식의 말에 최기문 사장이 힐끗 2층을 올려다보았다.

자신도 모르게 나온 행동이었다.

윤경민 부장검사가 아무 말도 하지 않고 최기문 사장을 바라보았다.

최기문 사장이 다시 입을 열었다.

"좌우지간… 양재득 씨…가 직원, 아니 부하들이랑 식사를 하고 있는데 우리 가게로 남녀 두 분 손님이 새로 들어오셨습니다. 그분들은 저쪽 구석자리로 안내되어서 저곳에서 식사를 하시려 했지요."

그는 입구 쪽에서는 잘 보이지 않는 일층의 로비 안쪽 구석자리를 손으로 가리켰다.

최기문 사장이 계속 말을 이었다.

"그런데 그분들이 들어오자마자 2층에서 양재득 씨의 밑에 있는 송대진 부사장이 내려왔습니다. 직원들 세 명과 함께 말이지요. 그리고는 누군가 찾는 듯 두리번거리다가 저쪽으로 걸어갔습니다. 새로 들어온 젊은 남녀손님들이 있는 곳으로 말입니다."

최기문 사장이 말을 하다가 한숨을 내 쉬었다.

"사실 우리 황실옥에서 양재득 씨 사무실 사람들을 안 무서워하는 직원들은 없을 겁니다. 두 분 검사님들께서는 아서는지 모르겠지만 저 사람들 전부 칼 차고 다닙니다. 경찰들도 함부로 못 건드릴 정도지요. 이곳 서초구 근방에서는 양재득 씨의 사무실 사람들이라면 아예 시비조차 걸 생각을 안 합니다. 그저 아무런 사고 없이 조용히 식사를 하든 술을 먹든 하고 나가주면 고맙다고 하지요.”

들고 있던 윤경민 부장검사의 어금니가 깨물어지고 있었다.

양재득의 패거리가 뉴월드파라는 조직의 조직원이라는 것은 알고 있었다.

세력이 커지자 간덩이도 커진 모양이었다.

하지만 그들이 옆구리에 칼을 차고 다닐 정도로 대담하다고는 미처 짐작하지 못했다.

하지만 칼을 가지고 있다고 잡을 수는 없는 일이었다.

어떤 핑계를 대서든 빠져 나갈 것이기 때문이었다.

‘낚시를 가려고 했는데 회 뜰 칼을 미리 사놓은 것뿐이다.’

‘횟집을 차릴 준비를 하려고 미리 회 뜨는 연습을 하고 있었을 뿐이다.’

‘길 가다 주웠는데 새 것 같아서 아까워 가지고 있었을 뿐이다. 버리면 그만이다.’

그들이 할 수 있는 변명은 수백수천 가지가 넘었다.

단순히 칼을 소지한 것으로는 그들을 응징할 수 없었다.

더구나 그들의 불법행위나 폭력적인 행위에 대한 신고가 들어와야 그들을 체포할 수 있었다.

또한 그들이 범죄조직을 구성하고 있는 것을 확증해야 잡아들일 수 있을 것이다.

하지만 지금 그들은 모두 '한신용역'이라는 사업체의 직원으로 구성되어 있었기에 그들을 체포하는 것도 어려웠다.

어떤 증거도 없는 것이 문제였다.

윤경민 부장검사가 물었다.

"그래서요?"

최기문 사장이 대답했다.

"양재득 씨의 사무실 직원들이 내려오자 우리는 그 사람들 근처에 얼씬도 할 수 없었습니다. 오죽하면 우리 여직원들이 아예 울면서 저 사람들 주문을 받는 것조차 피하겠습니까? 그래서 우리는 양재득 씨 사무실 직원과 새로 들어온 젊은 남녀손님들이 있는 곳에 가지를 못했지요. 뭐, 그쪽에서 부른다면 모르지만……."

윤경민 부장검사가 고개를 돌려 김철민 계장을 바라보며 말했다.

"김 계장님! 위층에 한번 올라가 보세요. 양재득이 뭐하고 있는지 알아보시고 내려오세요."

윤경민 부장검사의 말에 김철민 계장이 머리를 숙였다.

"알겠습니다."

김철민 계장이 굳은 얼굴로 2층으로 향하는 계단 쪽으로 향했다.

다시 윤경민 부장검사가 최기문 사장을 보며 말했다.

"사장님은 계속 말씀하세요."

최기문 사장이 머리를 끄덕였다.

"예! 윤 검사님, 계속 말씀드리겠습니다. 그러니까 양재득 씨의 밑에 있는 송대진 부사장하고 직원 세 명이 내려와 저쪽으로 가자 우린 무서워서 저쪽으로는 얼씬도 하지 못했지요. 그런데 잠시 후에 저쪽에서 투닥거리는 소리가 들렸습니다. 뭐… 비명소리 같은 것도 들렸고요. 그건 저기 CCTV가 찍어 놓았으니 확인하시면 될 겁니다. 그리고 곧 세 명이 돌아 나오더라고요. 바로 양재득 씨의 사무실 부사장 하고 젊은 남녀손님들이었지요. 그리고는 곧장 2층으로 올라갔습니다."

윤경민 부장검사가 이마를 찌푸리며 물었다.

"나중에 들어왔다고 하는 젊은 남녀와 양재득의 패거리들이 서로 아는 사이였습니까?"

최기문 사장이 머리를 흔들었다.

"아니오. 정확히는 모르지만 절대로 아는 사이는 아니었습니다. 그런데… 새로 들어온 젊은 남녀손님들 중에서 여자 손님이 정말 기가 막힐 정도로 미인이었습니다. 윤 검사님이랑 한 검사님은 아실지 모르지만 양재득 씨가 얼

마나 여자를 밝히는지 이 동네, 아니 서울 사람 전부 모르는 사람이 없을 정도입니다. 제 생각에는 위층에서 식사를 하면서 창문으로 주차장이 보이는데, 우연히 우리 가게로 들어오는 젊은 손님들을 본 것 같습니다. 그래서 양재득 씨가 그 사람들을 데려오라고 시킨 것이고요."

"……."

윤경민 부장검사는 아무 말도 하지 않았다.

대충 상황이 어떤 상황인지 머릿속에서 그려지고 있었다.

그때 최기문 사장이 머리를 갸웃했다.

"근데 참 이상한 것이 있었습니다."

"뭡니까?"

"분명 2층에서 내려올 때는 양재득 씨의 아래에 있는 부사장하고 사무실 직원 세 명이었는데, 부사장하고 젊은 남녀가 2층으로 올라간 후에 가보니 웬 늙은 영감 세 명이 혼이 빠진 얼굴로 피투성이가 되어서 앉아 있더라고요. 위층에서 내려온 사무실 직원은 어디로 갔는지 보이지도 않았습니다."

"뭐…라고요?"

"내 살다 살다 이런 일은 처음입니다! 윤 검사님."

윤경민 부장검사가 잠시 눈을 깜박이다가 물었다.

"그 영감들은 어디에 있습니까?"

최기문 사장이 대답했다.

"아직도 저 자리에 앉아 있습니다. 그 사람들 모두 우리 가게에 들어온 적도 없었던 사람입니다."

윤경민 부장검사가 고개를 끄덕였다.

"가봅시다."

"예?"

최기문 사장이 앞장섰다.

윤경민 부장검사와 한동식 변호사가 그 뒤를 따르고 이내 홀 매니저와 놀라서 아래층에 내려와 모여 있던 황실옥의 직원들이 뒤를 따랐다.

최기문 사장이 안내한 곳은 처음 김동하와 한서영이 앉았던 자리였다.

사장의 말대로 그 자리에는 정신을 잃은 듯 눈을 감고 힘이 없는 얼굴로 앉아 있는 세 명의 노인이 보였다.

윤경민 부장검사가 세 명의 노인을 흔들었다.

"이보세요. 일어나 보세요."

윤경민 부장검사가 노인들을 흔들자 그들은 힘없이 눈을 떴다가 초점 없는 시선을 보낸 뒤 다시 눈을 감았다.

얼굴에 자글자글한 주름으로 보아 80대는 훨씬 넘은 노인들로 보였다.

그때 약간 머뭇거리던 여직원 한 명이 조심스럽게 입을 열었다.

"저… 드릴 말씀이 있는데요."

여직원의 말에 윤경민 부장검사가 고개를 돌렸다.

순간 윤경민 부장검사의 눈이 차갑게 번득였다.

개량한복을 걸친 여직원의 표정을 보면서 무언가 알고 있다는 것을 직감적으로 느낀 것이다.

최기문 사장이 먼저 물었다.

"신지아 씨! 뭔가 알고 있는 게 있어?"

여직원의 이름이 신지아였다.

황실옥의 2층 서빙을 담당하는 여직원으로 눈치가 빠르고 몸이 날렵하여 황실옥에서도 고참 직원으로 통하는 직원이었다.

신지아가 머뭇거리며 대답했다.

"실은… 아까 2층에서 서빙하면서 저 사람들을 보았던 것 같아요. 저기 손 다치신 분은 팔에 여자시계를 차고 있어요."

신지아가 지명하는 자는 김동하에게 칼을 찔렀다가 오히려 자신의 손을 다친 이광기라는 자였다.

윤경민 부장검사가 재빨리 머리칼이 하얗게 센 채로 눈을 감고 앉아 있는 노인의 왼팔을 걷었다.

"……!"

그의 팔에 앙증맞아 보이는 여자 시계가 걸려 있었다.

윤경민 부장검사의 눈이 번득였다.

신지아가 다시 입을 열었다.

"저 사람의 소지품을 뒤져보면 라이터가 있을 건데 좀 민망한 라이터예요."

최기문 사장이 물었다.

"신지아 씨가 그것을 어떻게 알아?"

신지아가 대답했다.

"라이터는 2층에서 서빙할 때 저한테 희롱하며 보여주었던 거예요. 그리고 여자시계는 제거구요. 서빙하다가 뺏긴 거예요."

"그래?"

최기문 사장이 눈을 껌벅였다.

한동식이 신지아가 말했던 것을 찾기 위해 노인의 품을 뒤졌다.

이내 바지주머니에서 하나의 라이터가 나왔다.

라이터의 모양이 기묘했다.

여자의 형상을 라이터로 만든 것이었고 불을 켜면 저절로 얼굴이 벌겋게 변할 정도의 야릇한 형태의 형상이 드러났다.

신지아가 잠시 늙은 노인들을 바라보았다.

"…제 생각에는 이 사람들, 아까 2층에서 내려온 사람들일 거예요. 이유는 알 수 없지만 한순간에 이렇게 변한 것이고요."

윤경민 부장검사의 눈이 껌벅이고 있었다.

"한순간에 이렇게 늙었다고?"

한동식이 미간을 찌푸리며 중얼거렸다.

"그게 말이 되나? 누가 사람을 이렇게 한순간에 늙게 만

들어?"

한동식의 말에 잠시 생각하던 윤경민 부장검사가 최기문 사장을 바라보았다.

"혹시 뒤에 들어왔다고 하는 사람들 중 남자의 모습이 머리칼이 길고 행색이 남루한 거지몰골을 한 사람이 아니었습니까?"

최기문 사장이 눈을 동그랗게 떴다.

그때 다른 여직원이 입을 열었다.

"아니에요. 정말로 잘생긴 사람이었어요. 키도 크고 상당히 잘생긴 젊은 남자였는데…….."

역시 개량형 한복을 입은 여직원이었다.

그 여직원은 한서영과 김동하에게서 주문을 받은 여직원이었다.

주문을 받으면서 여자가 보아도 탄성이 흘러나올 정도로 아름다웠던 한서영과 그녀와 너무나 잘 어울리는 김동하의 모습에 속으로 감탄했을 정도였다.

"그래요……?"

윤경민 부장검사의 얼굴이 굳어졌다.

한동식이 얼굴을 굳히며 입을 열었다.

"윤검! 방금 말한 그 거지라는 사람이 누구야?"

한동식은 윤경민이 무언가를 알고 있다는 것을 본능적으로 느꼈다.

윤경민 부장검사의 미간이 좁혀졌다.

'설마… 그 사람이…….'

자신이 인왕산에서 만난 거지몰골을 한 사람이라면 어쩌면 지금의 상황도 만들 수 있을 것이라는 생각이 들었다.

그때였다.

윤경민 부장검사의 지시로 2층에 올라갔던 김철민 계장이 굳은 얼굴로 내려왔다.

"검사님! 아무래도 2층이 좀 이상한 것 같은데요?"

윤경민 부장검사가 고개를 돌렸다.

"뭐가 말입니까?"

김철민 계장이 입을 열었다.

"2층으로 올라가자 매실이라 적힌 방에서 신음소리가 흘러나오고 있었습니다. 안을 들여다보려 했지만 분위기가 이상해서 그냥 신음소리만 듣고 내려왔습니다."

"신음소리……?"

윤경민 부장검사의 얼굴이 딱딱하게 굳어졌다.

최기문 사장이 놀란 얼굴로 물었다.

"혹시 양재득이 2층에서 여자한테 나쁜 짓을 하는 것이었습니까?"

최기문 사장은 지금까지 양재득에게 '씨'라는 존칭을 붙였지만 지금 이 순간만큼은 그러지 않았다.

아무리 짐승 같은 호색기질을 가진 인간이라고 해도 부하들이 보는 앞에서 여자에게 나쁜 짓을 할 것이라곤 생각하지 않았던 것이다.

그러나 갑작스레 양재득 같은 인간이라면 언제든지 그럴 수도 있을지 모른다는 생각이 들었다.

그의 얼굴이 하얗게 질렸다.

자신이 보아도 입이 벌어질 정도로 아름다웠던 젊은 여자였기에 양재득 같은 미친 인간이라면 상상외의 행동을 할 수도 있을 것이다.

김철민 계장이 눈을 껌벅이며 대답했다.

"제가 들은 것은 남자의 신음소리였는데요? 그리고 한두 명의 신음소리가 아니었습니다."

순간 윤경민 부장검사의 얼굴이 일그러졌다.

"갑시다. 이 망할 새끼들이 무슨 짓을 하고 있는지 내 눈으로 보아야 할 것 같습니다. 그리고……."

윤경민 부장검사가 최기문 사장을 보며 입을 열었다.

"사장님은 지금 당장 서초경찰서에 신고해서 출동해 달라고 해요. 핑계를 대고 거절하면 내 지시라고 밝히고 불응하면 강력하게 조치한다고 하세요. 그리고 직원 분들은 위험하니까 따라오지 마세요."

"알겠습니다."

최기문 사장이 고개를 숙였다.

이내 윤경민 부장검사와 김철민 계장 그리고 한동식이 2층으로 올라갔다.

2층으로 향하는 윤경민 부장검사의 얼굴은 얼음장처럼 차가웠다.

그의 뒤를 따르는 한동식의 얼굴도 굳어 있었다.

그로서는 믿기지 않는 일들이 계속되고 있었던 것이다.

* * *

김동하는 온몸을 떨면서 땀을 흘리는 양재득의 얼굴을 바라보았다.

양재득은 조금이라도 김동하에게서 멀어지려 했지만 자신의 손등에 박힌 가위로 인해 그의 몸은 요지부동도 하지 않았다.

김동하가 나직하게 입을 열었다.

"막내사숙에 버금갈 정도로 사악한 기운을 품은 자가 이곳에 존재하고 있을 줄은 몰랐는데……."

김동하의 목소리는 얼음장보다 찼다.

"으윽."

양재득이 이를 악물며 고통을 참고 있었다.

한서영은 김동하가 너무나 달라진 모습을 보이는 것에 놀라고 있었다.

어린아이처럼 순박하고 모든 것을 신기하게만 바라보던 김동하에게 지금처럼 잔인하고 냉정한 모습이 있다는 것이 놀랍고 두려웠다.

김동하의 얼굴에는 표정이 담겨있지 않았다.

말 그대로 무표정한 얼굴이었다.

하지만 그런 김동하의 얼굴이 오히려 화를 내어서 일그러진 얼굴보다 더 두렵고 무섭다는 느낌이 들었다.

김동하가 양재득을 바라보며 입을 열었다.

"당신의 온몸이 악취가 진동하는 음심과 탐욕으로 채워져 있다는 것이 참으로 놀라워. 예전에는 그 악취 나는 사악함에 맞서는 것이 두려워 피했는데 이제는 그럴 필요가 없다는 생각이 들었어."

김동하는 자신의 천명을 탐내던 막내사숙인 해진스님의 사악한 기운이 두려워 피했다.

당시에는 해진스님과 맞설 만큼 큰 힘도 없었고 스승인 해원스님과 둘째 사숙인 해인스님도 해진사숙이라면 맞서는 것보다는 피하거나 도망쳐야 한다고 가르쳤기 때문이었다.

하지만 지금은 자신의 무량기가 중단전을 넘어 상단전에 이를 정도로 진화의 벽까지 깨트리고 개화한 상태였다.

그것은 지금의 자신이 가진 힘이 해진사숙의 힘보다 더 크다는 것을 의미했다.

아니, 지금 상태라면 자신을 핍박하여 천명을 탈취하고자 하는 사악한 탐욕으로 가득 차있던 해진사숙이 김동하를 피해서 달아나야 할 것이었다.

자신의 기운이 상상도 하지 못할 경지에 올랐다는 것을 자각한 김동하는 오히려 자신에게 힘이 생기자 가족과 헤어지게 된 이유를 떠올렸다.

그것이 해진사숙과 비슷한 기운을 가진 양재극을 통해 김동하의 노기를 자극해 버렸다.

김동하가 양재득의 얼굴을 빤히 바라보았다.

"자, 나한테 이제 당신이 서영 낭자를 데려오라고 한 이유를 설명해 주어야 할 거야."

양재득은 김동하에게서 떨어지기 위해 몸을 비틀었다.

하지만 자신의 손등을 뚫고 방바닥에 박혀버린 가위는 요지부동이었다.

오히려 움직이면 움직일수록 손의 고통이 더 커지고 있었다.

"끄으응~"

양재득은 그야말로 귀신을 보는 심정이었다.

김동하의 손을 거치면 한순간에 부하들의 얼굴이 80대의 노인으로 변했다.

그것은 그에게 세상 어떤 것보다 무섭고 소름끼치는 두려움을 안겨주었다.

양재득이 얼굴을 일그러트리며 입을 열었다.

"내, 내가 잘못 생각했소. 나는 그저……."

양재득은 자신의 낯짝이 아무리 두꺼워도 한서영이 예뻐서 마음에 들었다는 소리는 차마 할 수가 없었다.

그것을 털어놓는다면 김동하가 자신도 부하들과 같은 모습으로 만들어 버릴 것 같은 두려움을 느낀 것이었다.

김동하가 나직하게 한숨을 내쉬었다.

"서영 낭자를 데려오라고 시킨 이유가 무엇인지 말하지 않을 것 같군? 뭐, 말하지 않아도 상관없어. 당신의 천명을 회수하는 것으로 그 추악하고 더러운 음심과 탐욕의 대가를 치르게 할 테니까. 남은 천명은 길지 않을 거야. 얼마 살지 못할 것이라는 말이지. 물론 여기 나에게 천명을 회수당한 사람들은 모두 같은 결과니까 혼자 천명을 회수 당했다고 억울하게 생각하지 마."

'천명을 회수한다'는 말이 정확하게 무슨 의미인지 모르는 양재득이었다.

다만, 자신 역시 한순간에 80대의 노인으로 변해버린 부하들과 같은 모습이 될 것이라는 생각에 몸을 떨었다.

덜덜덜—

"사, 살려주시오. 제발 시키는 것은 뭐든지 할 테니 살려주시오."

김동하가 담담한 얼굴로 대답했다.

"여기 죽은 사람은 없어. 다만, 천명을 회수 당하여 남은 천명이 얼마 남지 않은 사람들만 있을 뿐이지."

김동하가 양재득의 머리위에 손을 얹었다.

한순간 양재득의 눈에서 눈물이 흘렀다.

동시에 그의 몸이 줄어들며 기름기로 번들거리던 그의 퉁퉁한 얼굴이 일그러지기 시작했다.

그때였다.

너무나 큰 두려움에 한쪽에 웅크리고 있던 뉴월드파의

부두목인 송대진이 급하게 방문을 거칠게 열고 튀어나갔다.

와당탕—

다급하게 열어젖힌 매실의 문짝이 거칠게 반대편으로 열렸다.

문을 열고 달려나가는 송대진의 얼굴은 그야말로 귀신을 본 듯 하얗게 질려 있었다.

매실의 문이 열리자 매실의 안쪽의 풍경이 그대로 드러났다.

사방에 팔다리가 기괴한 모습으로 꺾인 사내들이 꿈틀거리고 있었고, 넓은 매실이 비좁게 여겨질 정도로 비대한 체격을 자랑하던 사내들은 한순간에 왜소한 노인들로 변해 있었다.

열린 문으로 튀어나가는 송대진의 여기서 살아나갈 수만 있다면 앞으로 영원히 서울을 떠날 생각이었다.

눈앞에서 자신의 동생들과 부하들이 한순간에 노인의 모습으로 변하는 것을 본 것은 귀신을 보는 것보다 더 무섭고 소름이 끼치는 일이었다.

더구나 김동하가 두목인 양재득을 처리하고 나면 다음 차례는 자신이 될 것이었다.

송대진은 자신의 모습이 김동하에 의해 80대의 노인으로 변하는 것은 죽기보다 싫었다.

막 매실의 밖으로 달려 나오던 송대진은 신발도 신지 않

고 그대로 아래층으로 내려가는 계단으로 행했다.

그때였다.

"뭐야?"

아래층에서 계단을 통해 세 명의 건장한 남자가 올라오고 있었다.

"사, 살려…."

김철민 계장은 계단의 위쪽에 서 있는 사내를 보며 눈을 껌벅였다.

양재득이 속한 뉴월드파는 이미 김철민 계장이 수십번 조사를 거듭했기에 단번에 송대진의 얼굴을 알아볼 수 있었다.

송대진이라면 양재득과 함께 거물급으로 분류되어 있는 사람이었다.

"어? 저 친구 뉴월드파의 부두목인 송대진이라는 친굽니다, 검사님!"

윤경민 부장검사의 시선이 송대진을 향했다.

그때였다.

터억—

"도망을 치실 생각이라면 당신의 발걸음이 나보다 빨라야 할 텐데… 아쉽군."

송대진은 자신의 등 뒤에서 목덜미를 움켜쥐며 나직하게 말하는 김동하의 목소리를 들으며 그대로 주저앉았다.

십여 년을 조직폭력배로 살아온 송대진이었다.

사람을 칼로 찌른 것도 수십 번이었고 폭력행위로 교도소에도 근 10번이 넘게 들락거렸다.

교도소를 한 번씩 들락거리는 경우 차라리 휴가를 간다고 생각할 정도였다.

형기는 길지 않았다.

최하 8개월 정도에서 최고 3년 정도의 형을 살다가 나오면 그의 위상은 오히려 더 높아졌다.

건달에게 전과라는 것은 오히려 훈장과 같은 역할을 했다.

그 덕분에 지금은 뉴월드의 2인자 자리까지 올라서게 된 것이다.

그런 그에게는 두려움이 없었다.

조금 전 김동하를 만나기 전까지는 송대진에게 세상은 그저 장난처럼 쉽게 살아가는 놀이터 정도로 인식되었다.

미래를 걱정하지 않았고 자신의 최후가 어떻게 될 것인지 염려하지도 않았다.

하지만 지금 그에게 세상은 그야말로 너무나 무서운 곳이어서 어디로든 도망 치고 싶다는 생각뿐이었다.

덜덜덜—

"사, 살려주십시오. 제발."

송대진은 자신의 뒷덜미를 움켜쥔 김동하의 말을 듣는 순간, 다리에 힘이 풀리는 것을 느꼈다.

김동하는 송대진의 뒷덜미를 움켜쥔 후에 계단을 올라오

86

는 사람들을 힐끗 바라보았다.

양재득의 패거리와 같은 패인지 확인하려는 눈빛이었다.

그때였다.

"작은아빠!"

김동하의 뒤에서 누군가 날카로운 목소리로 소리치고 있었다.

한서영이었다.

한동식은 계단위에서 송대진의 뒷덜미를 잡고 있는 김동하의 얼굴을 바라보고 있다가 김동하의 뒤에서 너무나 눈에 익은 얼굴이 나타나자 눈을 껌벅였다.

하지만 이내 그 얼굴이 조카인 한서영이라는 것을 알자 놀란 얼굴로 입을 벌렸다.

"서영이 너……."

한동식은 놀란 얼굴로 급하게 위로 올라왔다.

"서영이 네가 여기 왜 있어? 병원은 어쩌고?"

한동식은 한서영이 세영대학병원의 인턴이라는 것을 너무나 잘 알고 있었다.

한서영이 물었다.

"작은아빠는 여기 웬일이에요?"

말을 하는 한서영은 그야말로 구세주를 만난 듯 안도의 한숨을 내쉬고 있었다.

김동하가 저질러 놓은 일을 어떤 식으로든 해결해줄 사

람을 찾았다는 표정이었다.

한편, 김동하는 송대진의 뒷덜미를 움켜쥐고 계단에 서 있는 사람을 바라보다 눈을 동그랗게 치켜떴다.

김동하 자신도 알고 있는 얼굴이 계단에 서 있었다.

인왕산에서 죽은 개를 묻기 위해 올라온 소녀에게 천명이 다한 개를 살려주었을 때 만났던 소녀의 아버지였다.

김동하는 윤경민 부장검사의 얼굴을 알아보았지만 윤경민 부장검사는 김동하를 알아보지 못했다.

그의 기억 속에 김동하는 긴 머리칼에 남루한 옷을 걸치고 있었던 거지의 모습이었다.

하지만 지금의 김동하는 남자가 보아도 저절로 탄성이 터질 정도로 잘생긴 미남으로 바뀌어 있었다.

윤경민 검사는 친구인 한동식이 젊은 여자와 대화를 하는 것을 보며 물었다.

"한변! 아는 사람인가?"

한동식이 윤경민 부장검사를 바라보며 입을 열었다.

"내 조카야. 세영대학병원의 의사인데……."

"그래?"

윤경민 부장검사가 힐끗 위를 바라보다가 올라왔다.

한동식이 한서영을 바라보며 입을 열었다.

"작은아빠 친구다. 현재 중앙지검 부장검사지. 윤경민이라는 사람이야. 인사해."

한동식의 말에 한서영이 약간 긴장한 얼굴로 머리를 숙

였다.

"아, 안녕하세요?"

윤경민 부장검사가 마주 인사를 했다.

"윤경민이오."

그때였다.

김동하가 윤경민 부장검사를 보며 정중하게 인사를 했다.

"다시 뵙는군요. 그동안 안녕하셨습니까?"

김동하의 인사에 윤경민 부장검사의 얼굴이 굳어졌다.

"저를 아시… 아! 당신은…….."

윤경민 부장검사는 그제야 눈앞에 서 있는 사람이 지난번 인왕산에서 만난 긴 머리칼의 괴인(?)이었다는 것을 깨달았다.

한서영이 놀란 듯 눈을 깜박이며 물었다.

"아는 사람이니?"

김동하가 살짝 웃으면서 대답했다.

"제가 말씀드리지 않았습니까? 인왕산에서 천명이 다한 강아지를 묻기 위해서 산에 올랐던 다혜라는 어린 처자의…….."

김동하가 말을 채 끝내기도 전에 한서영의 입에서 탄성이 흘렀다.

"아! 너한테 돈을 주셨던 부장검사님!"

"예. 그렇습니다."

고개를 돌려 다시 윤경민 부장검사를 바라보는 김동하가 하얀 이를 드러내며 웃었다.

"이렇게 묘한 곳에서 다시 뵈올 줄은 몰랐습니다. 천명을 다시 얻은 아이들은 잘 살고 있는지요?"

그는 자신이 다시 천명을 돌려준 두 마리의 강아지의 안부까지 물었다.

윤경민 부장검사가 머리를 끄덕였다.

"무, 물론입니다. 허허… 이렇게 머리를 자르고 나니 전혀 딴 사람 같군요. 말씀을 하지 않았다면 몰라볼 뻔했다."

윤경민 부장검사가 김철민 계장을 돌아보며 입을 열었다.

"김 계장님! 이분이 내가 인왕산에서 모셔오라고 한 사람입니다."

순간 김철민 계장의 눈이 동그랗게 변했다.

윤경민 부장검사가 자신에게 데려오라고 한 사람은 머리가 긴 거지로 기억하고 있었고 그런 조건에 부합하는 사람만 찾았는데, 지금 눈앞에 서 있는 남자는 자신이 보아도 탄성이 터져 나올 것처럼 잘생긴 젊은 사내였다.

김 계장은 놀란 눈으로 김동하를 바라보았다.

윤경민 부장검사가 김동하를 보며 물었다.

"여기서 무얼 하고 계시는지요? 그리고……."

윤경민 부장검사는 김동하의 손에 잡혀 바닥에 주저앉아

덜덜 떨고 있는 송대진의 얼굴을 바라보았다.

"이 친구는 뭡니까? 이 친구 뉴월드파라는 조직의 부두 목이라는 것은 아십니까?"

김동하가 잠시 눈을 감았다가 떴다

"이자들이 저와 서영 낭자에게 나쁜 생각을 품었더군요. 저 하나만이라면 개의치 않았을 수도 있었지만 서영 낭자를 건드린 것으로 인해 좀 가혹한 처벌을 하던 중이었습니다. 근데 뉴 월드파라는 것이 무엇인지 물어도 되겠습니까?"

김동하는 현재의 조직폭력배 집단을 알지 못했다.

다만, 예전이라면 난전에서 힘없는 백성을 겁박하여 이 문을 노리는 왈패들과 같은 부류쯤으로 생각했다.

그도 아니라면 패거리를 이루어 몰려다니며 기방의 뒷배를 봐 주거나 한수 나루터에서 어민들이나 염전상인들에 텃세를 핑계로 돈을 긁어내는 파락호들과 같은 무리쯤으로 생각하고 있었을 뿐이었다.

윤경민이 대답했다.

"아! 이곳 서초동 일대에서 조직적으로 나쁜 짓만 골라서 하는 놈들이라는 소립니다. 뭐 아직 뚜렷하게 증거가 없어서 솎아 내지는 못하지만 언젠가는 솎아낼 생각이었는데……."

그때 먼저 매실의 열려진 문 안쪽을 살피던 김철민 계장이 놀란 듯 소리를 질렀다.

"이, 이게 뭐야?"

김철민 계장의 눈에 들어온 것은 그야말로 사방이 피투성이가 된 매실의 내부였다.

멀쩡한 사람이 하나도 없었다.

김철민 계장의 말에 윤경민 부장검사가 급하게 매실의 앞쪽으로 걸음을 옮겼다.

그의 눈도 찢어질 듯 부릅떠지고 있었다.

"이, 이건……."

팔다리가 꺾이고 부러진 노인들이 마치 벌레처럼 꿈틀거리고 있는 모습이었다.

너무나 참혹했다.

한동식도 매실의 내부가 궁금했지만 조카인 한서영이 이곳에 있다는 것을 알고 낮게 물었다.

"너 여기서 뭐해? 형님도 아니?"

자신의 형이자 한서영의 아버지인 한종섭은 딸 한서영이 세영대학병원의 의사라는 것을 무척 자랑스러워하는 사람이었다.

한서영이 대답대신 빠르게 입을 열었다.

"그보다 작은아빠! 여기 일 작은아빠 선에서 해결해줘요."

"뭐?"

"이것 모두 해결해 준다면 모두 설명해 드릴게요. 그러니까 제발 부탁해요."

"무슨 일인데?"

조카 한서영이 이렇게 다급한 얼굴로 자신에게 부탁하는 것은 처음이었다.

어릴 때부터 영리하고 예뻐서 주변의 사랑을 독차지 한 한서영이다.

더구나 예쁘다고 주변에서 자꾸 칭찬하는 일이 반복되면 의도치 않게 자신에 대한 자기애가 강해지고 도도해지는 깍쟁이 같은 기질도 보이지 않았고, 자신의 머리가 영리하다고 거만해 지는 우등생 병에도 걸리지도 않은 조카가 바로 한서영이었다.

미모가 아름다운 것으로 친다면 대한민국 최고의 미녀라 알려진 이진화라는 영화배우도 놀랄 정도로 아름다운 조카가 성격까지 괜찮은 것은 한동식에게도 자랑이었다.

한서영이 다급한 얼굴로 입을 열었다.

"여기 이렇게 만든 게 이 사람이에요. 그러니까 작은아빠가 좀 해결해줘요."

한동식의 눈이 커졌다.

"이렇게 만들다니 도대체……."

한동식이 급한 걸음으로 윤경민 부장검사와 김철민 계장의 옆으로 걸어갔다.

그의 시선도 매실의 안을 살폈다.

한순간 한동식의 얼굴이 하얗게 질려가고 있었다.

"이, 이건……."

너무나 참혹한 광경이었다.

그때 윤경민 부장검사가 김동하에게 걸어왔다.

"저 사람들 모두 당신이 저렇게 만든 것입니까?"

김동하가 담담한 얼굴로 대답했다.

"그렇습니다. 품은 심성들이 모두 뱀과 같이 사악하여 남은 천명의 대부분을 회수하였지요. 다만. 그들의 천명만 뺏는 것은 너무 관대한 듯하여 조금 훈계를 하였습니다."

김동하가 아무렇지 않은 얼굴로 대답하자 윤경민 부장검사의 얼굴이 딱딱하게 굳어졌다.

아무리 질이 나쁜 조직폭력배라고 하더라도 지금과 같은 참혹한 사태는 결코 용납될 수 없는 일이었다.

그때 한서영이 입을 열었다.

"동하는 죄가 없어요. 저 사람들이 동하와 나를 해치려 한 대가를 치른 것뿐이에요."

한서영의 말에 윤경민 부장검사의 눈이 껌벅였다.

"대가를 치르는 것도 정도가 있는 겁니다. 저 사람들은 지금 다 죽게 생긴 모습들인데요. 게다가……."

윤경민 부장검사가 김동하를 바라보며 물었다.

"저 사람들 모두 노인이 되어 있는데 어떻게 한 겁니까?"

김동하가 자신의 손에 잡힌 송대진을 힐끗 내려 보았다.

"천명을 회수한 것입니다."

"천명을… 회수한다고요?"

"보여드리지요."

김동하는 자신의 손에 잡힌 송대진의 머리에 손을 올렸다.

순간 송대진의 바지사이로 뜨뜻한 물이 흘러나왔다.

자신 역시 김동하의 손을 피하지 못하고 노인이 된다는 것을 자각한 것이다.

스스스스스스스.

한순간 김동하의 손에 잡힌 송대진의 얼굴에 자글자글한 주름이 만들어지면서 그대로 80대의 노인으로 변해가고 있었다.

동시에 송대진의 눈빛도 잿빛으로 흐려졌다.

툭—

털썩—

김동하가 가볍게 송대진을 내려놓았다.

"자신의 이름도 기억하지 못할 겁니다. 지금까지 지은 죄의 대가로 남은 천명은 얼마 되지 않을 것이고요."

김동하의 말이 끝나는 순간 윤경민 부장검사의 입이 쩍 벌어졌다.

"이게……."

윤경민 부장검사는 자신의 눈을 믿을 수가 없었다.

만약 이것이 외부에 알려진다면 김동하는 그야말로 세상에서 가장 무섭고 두려운 존재가 될 것이다.

누군가에게 생명을 주고 거두는 것을 마음대로 할 수 있는 존재는 신 외에는 없을 것이다.

그런 능력을 가지고 있는 김동하는 사람들에게 신으로 인식될 것이다.

대한민국뿐만 아니라 전 세계가 경악할 일이 눈앞에서 벌어지고 있었다.

행여 김동하의 존재가 알려지게 된다면 김동하를 차지하려는 자들로 대한민국은 전세계의 표적이 될 수도 있었다.

신이 현세에 재림한 역사는 과거 신화에 나오는 전설일 뿐이었다.

하지만 지금 그것이 바로 눈앞에서 실제로 증명되는 것을 보며 윤경민 부장검사의 심장은 터질 듯이 뛰고 있었다.

그때였다.

애애애애애애애앵—

황실옥의 앞으로 일단의 경찰차들이 급히 도착했다.

윤경민 부장검사가 다급하게 김철민 계장을 불렀다.

"김 계장!"

김철민 계장이 윤경민 부장검사의 부름에 다급하게 달려왔다.

"예! 검사님."

윤경민 부장검사가 급하게 입을 열었다.

"지금 내려가서 경찰들 철수시켜요."

"예?"

"시키는 대로 해요."

윤경민 부장검사의 얼굴이 하얗게 질려 있는 것을 본 김철민 계장이 당황한 얼굴로 머리를 숙였다.

"아, 알겠습니다."

"경찰들 돌려보내고 병원응급차 수배해서 저 안에 있는 사람들 전부 병원으로 보내도록 하세요."

김철민 계장은 윤경민 부장검사의 지시에 놀란 표정을 지었다가 이내 빠르게 계단을 내려갔다

윤경민 부장검사가 김동하를 보며 물었다.

"이 모습을 다른 사람에게 보여준 적이 있습니까?"

김동하가 대답했다.

"저와 함께 지내는 서영 낭자 외에는 보여준 적이 없습니다. 그리고 지금 다혜 아버님께 보여드린 것이 두 번째인 것 같군요."

"서영 낭자라고요?"

윤경민 부장검사는 아내가 자주 보는 드라마의 사극에서나 듣던 '낭자'라는 호칭을 듣자 놀란 듯 눈을 껌벅였다.

한서영이 끼어들었다.

"동하는 저를 서영 낭자라고 불러요……."

윤경민 부장검사에게 해명한 한서영이 고개를 돌려 김동하를 바라보았다.

"앞으로 누나라고 불러. 서영 낭자라는 말은 난 괜찮지

만, 다른 사람이 들으면 오해를 할 수도 있으니까."

김동하가 눈을 껌벅였다.

"알겠습니다, 서영 누님."

"이름 빼고 그냥 누나라고 하라니까."

"예! 누나."

김동하가 머리를 끄덕였다.

한서영이 약간 아쉬운 표정을 지었다.

김동하가 꼬박꼬박 불러주던 '서영 낭자'라는 호칭이 귀에 익었기 때문이다.

하지만 낭자라는 호칭으로 인해서 번번이 사람들의 시선을 받는 것은 귀찮았다.

그래서 다른 사람이 없을 때에만 낭자라는 호칭을 사용하게 할 작정이었다.

그때 한동식이 다가왔다.

"야! 윤동식. 이거 어떻게 할 거야? 내 조카가 무마해 달라고 부탁하던데, 이거 윤검 네 힘을 빌려도 어쩔 수가 없을 것 같네. 엉? 근데 이놈은 왜 이래?"

한동식은 김동하의 발 앞에 엎어져있는 송대진을 보며 눈을 동그랗게 떴다.

송대진이 엎어져 있었기에 송대진의 늙어버린 모습은 미처 보지 못하고 있었다.

김동하는 한서영이 한동식을 보며 '작은아빠'라고 불렀던 것을 기억했다.

"소생 김동하가 서영 누님의 작은아버님을 뵙습니다."

김동하가 정중하게 큰절로 한동식에게 예를 올렸다.

한동식이 눈을 껌벅였다.

"이 친구 지금 뭐라고 하는 거냐?"

한서영이 대답했다.

"동하가 작은아빠에게 인사하는 거예요."

"근데 뭔 인사가 알아듣기 어렵냐?"

한서영이 대답했다.

"나중에 설명할게요."

윤경민 부장검사가 한동식을 바라보며 입을 열었다.

"여기에서 일어난 일은 한검도 모른 척해야 할 거야. 알게 되면 나라가 뒤집히게 될지 몰라."

김동하의 존재가 드러나게 되면 그야말로 나라 전체가 김동하를 찾게 될 것이다.

삶과 죽음을 주관하는 능력은 수 천 억의 보배를 가지고 있어도 불가능한 능력이었다.

하지만 그런 능력을 가진 김동하의 존재가 드러나게 된다면 대한민국뿐만 아니라 전세계의 모든 사람들이 김동하를 찾기 위해 한국으로 날아올 것은 당연했다.

김동하의 능력을 얻을 수 있다면 영원한 생명을 누릴 수 있다는 환상을 가지게 될 것이기 때문이다.

생명에 대한 가치는 어떤 보물로도 대신할 수 없는 소중한 것이며 그것은 세상이 사라질 때 까지 변하지 않는 불변의 이치라는 것을 사람들은 이미 알고 있었다.

태산보다 높은 황금을 옆에 쌓아놓고 산다고 해도 생명은 시간에 비례하며 천천히 지워져 가는 것은 지금까지 단한 번도 변하지 않는 진리였다.

하지만 신의 능력을 가진 김동하가 배려한다면 영원히죽지 않고 살아갈 수 있다고 생각할 것은 당연했다.

윤경민 부장검사의 말에 한동식이 투덜거렸다

"나라가 뒤집히긴? 이미 뒤집어 졌는데 또 뒤집어 지나?"

윤경민 부장검사가 이마를 찌푸렸다.

"무슨 소리야?"

"내가 널 만나려고 했던 것도 그 때문이었어. 몰라! 그 이야긴 나중에 하자고. 그보다 여기 어떻게 할 거야? 경찰도왔는데…….."

한동식이 이마를 찌푸리며 한서영을 바라보았다.

조카의 부탁이니 들어주고 싶지만 매실의 안쪽 풍경은그냥 무마가 될 정도가 아니었다.

윤경민 부장검사가 고개를 끄덕였다.

"여긴 내가 알아서 처리할거야. 그러니까 자넨 입 다물고 있어."

"그, 그래?"

윤경민 부장검사가 김동하를 보며 물었다.

"김동하 씨라고 했지요?"

김동하가 머리를 숙였다.

"소생의 나이가 미령(未齡)하니 동하 군이라고 불러주시면 됩니다."

김동하의 말에 윤경민 부장검사의 얼굴이 살짝 찌푸려졌다.

김동하의 어투가 여전히 낯설게 느껴지기 때문이었다.

하지만 이내 머리를 흔든 윤경민 부장검사가 김동하를 보며 물었다.

"좋소. 동하 군에게 따로 연락을 하려면 어디로 연락하면 되겠습니까?"

김동하가 한서영을 바라보았다.

한서영이 잠시 눈을 깜박이다가 김동하의 전화번호를 알려주었다.

"저의 전화번호를 알려드릴게요. 010-3335-XXXX예요. 동하와 연락하려면 저에게 연락해 주세요."

한서영은 김동하의 전화번호를 알려주지 않고 자신의 번호를 알려주었다.

김동하와 관련된 것은 왠지 비밀로 감추고 싶었다.

조금 전 김동하가 윤경민 부장검사의 눈앞에서 송대진의 천명을 회수하는 장면도 미리 알았다면 보여주고 싶지 않았던 장면이었다.

윤경민 부장검사가 고개를 끄덕이며 한서영이 불러주는 전화번호를 자신의 핸드폰에 입력했다.

전화번호를 입력한 윤경민 부장검사가 입을 열었다.

"이제 여기 일은 내가 처리하도록 하겠습니다. 그러니 두 분은 돌아가셔도 될 겁니다. 그리고 그럴 리는 없겠지만 여기에서 일어난 일은 어디에서도 발설하지 않는 게 좋을 것 같군요."

한서영이 끄덕였다.

"물론이에요. 제정신이 아니라면 이런 일을 떠벌릴 일은 없겠죠. 그리고 누가 믿겠어요?"

윤경민 부장검사도 동의한다는 듯 고개를 주억였다.

그때였다.

아래층에서 계단을 올라오는 소리가 들렸다.

김철민 계장이 올라오는 소리였다.

이내 김철민 계장이 다시 2층으로 올라왔다.

"출동한 경찰은 다시 복귀시켰습니다. 검사님. 그리고 황실옥 사장님께 주변 병원의 앰뷸런스 수배를 부탁했습니다."

윤경민 부장검사가 머리를 끄덕였다.

"수고했어요. 또 김 계장님이 해야 할 일이 있습니다. 이곳 황실옥의 일층과 2층을 비롯해 외부 주차장까지 설치된 모든 CCTV 영상의 원본을 전부 회수하세요. 하나도 빠져서는 안 됩니다. 행여 복사본이 있는지도 확인하시고요."

"알겠습니다."

윤경민 부장검사는 김동하의 천명을 회수하는 장면이 혹시라도 들어 있는 영상이 있다면 모조리 처리할 생각이었다.

한동식이 눈을 껌벅였다.

"이거 자네 독단으로 덮을 생각인가?"

한동식은 윤경민 부장검사가 김철민 계장에게 보고를 받고 다시 CCTV영상까지 확보하라는 지시를 내리는 것을 보며 놀란 듯이 눈을 껌벅였다.

윤경민 부장검사가 한동식을 보며 입을 열었다.

"너도 입조심하고 함부로 어디 가서 발설하지 마."

"내가 이걸 왜 떠들어?"

한동식이 눈에 힘을 주며 말했다.

입이 가벼운 편이긴 하지만 그렇다고 이런 일을 어디 가서 떠벌릴 정도로 촉새는 아니라고 자부하는 한동식이었다.

한동식의 머리가 갸웃했다.

자신이 알고 있는 윤경민 부장검사라면 절대로 불의와 타협하는 사람이 아니었다.

너무나 융통성이 없어서 '쪽대'라는 별명으로 불리기도 하는 친구였다.

쪽대는 대쪽이라는 단어를 비틀어서 가볍게 부르는 별명이었지만 윤경민 부장검사는 자신의 별명이 자랑스럽지도 않았지만, 불만을 가지지도 않을 정도였다.

그런 윤경민 부장검사가 지금의 상황을 덮는다는 것이 놀랍기만 했다.

다만, 그것이 자신의 조카인 한서영의 부탁 때문만은 아니라는 생각이 들었다.

그로서는 김동하가 윤경민 부장검사의 앞에서 송대진의 천명을 회수하는 장면을 보지 못한 것이 최대의 아쉬움으로 남을 것이었다.

윤경민 부장검사가 김동하와 한서영을 보며 입을 열었다.

"그럼 여기 일은 제가 다 마무리할 터이니 두 분은 돌아가십시오. 조만간 연락을 드리지요."

한서영이 대답했다.

"감사합니다."

한서영은 김동하가 행여 경찰에 연행되는 것이 아닌지 걱정했다.

하지만 기막힌 순간에 나타난 작은아빠와 작은아빠의 친구인 윤경민 부장검사 덕분에 위기를 모면한 것이 너무나 다행이었다.

김동하가 윤경민 부장검사에게 정중하게 인사를 했다.

"그럼 다음에 다시 뵙길 바라겠습니다."

김동하의 인사를 받은 윤경민 부장검사가 마주 인사를 했다.

"다시 만납시다."

서로 인사를 나눈 두 사람이 계단 쪽으로 향하자 한동식이 급하게 입을 열었다.

"참! 서영이 너한테 한 가지 물어볼게 있는데……."

한서영이 머리를 돌려 한동식을 바라보았다.

"뭐예요?"

"너 세영대학병원에서 죽었다가 살아난 여학생이 있다는 소식 들었냐? 넌 세영대학병원 의사니까 잘 알 거 아니냐?"

한서영이 놀란 얼굴로 한동식을 바라보았다.

"작은아빠가 그걸 어떻게 아세요?"

한동식이 이마를 찌푸렸다.

"우리 로펌에 변론사건 하나가 접수되었어. 의뢰인이 유신대학교 교수야. 뭐 딸이 학교폭력혐의로 경찰에 입건이될 것 같다는데 들어보니 이해가 안 되는 일이 있어서 말이다. 괴롭힘을 당한 여학생이 아파트 자택에서 투신해서 사망했는데 병원영안실에서 다시 살아났다고 하더라. 이거 위장 자살혐의가 있는 게 아닌지 조사해 달라고 해서 알아보니 정말 그런 일이 있었다고 하는 것 같던데 정말이냐?"

"아……!"

한동식의 말에 한서영의 눈이 커졌다.

김동하가 살려낸 최은지의 회생이 다시 작은아빠의 입을 통해서 자신에게 전해지고 있었다.

조용히 듣고 있던 윤경민 부장검사의 시선이 김동하에게 향했다.

김동하가 말없이 머리를 살짝 숙였다.

순간 윤경민 부장검사의 입이 벌어졌다.

"허~"

자신의 눈으로 확인했지만 친구인 한동식의 입을 통해서 또다시 김동하의 권능을 재확인하였다.

그의 전신에 소름이 돋을 정도로 충격적이었다.

한서영이 대답했다.

"저도… 듣기만 했지 확인하지는 못했어요."

"그래?"

한서영은 작은아빠를 속인 것 같아서 살짝 마음이 아팠지만 조만간 그도 알게 될 것이라고 생각했다.

한서영의 뒤로 한동식의 말이 다시 들려왔다.

"저 친구 형님에게도 소개해 드렸냐?"

한서영이 대답했다.

"아빤 아직 몰라요."

"쯧! 잘하는 짓이다. 의사라는 게 부모도 몰래 연애나 하고…….."

한동식이 못마땅한 얼굴로 한서영을 바라보았지만 한서영은 김동하와 함께 재빨리 계단을 내려가고 있었다.

일층으로 내려온 한서영과 김동하는 서둘러 황실옥을 빠져 나와 주차장으로 향했다.

한서영의 차에 도착할 동안 두 사람은 대화도 나누지 않았다. 이내 한서영의 차에 올라탄 두 사람이 그대로 주차장을 빠져 나왔다. 식사도 제대로 하지 못한 한서영과 김동하는 서둘러 아파트로 향했다.

한서영으로서는 너무나 무섭고 끔찍한 시간이 지나갔다. 한서영의 차가 빠져 나간 황실옥의 주차장에는 양재득의 전용차인 검은색의 마이바흐 승용차가 따가운 햇살 속에서 주인이 돌아오기를 기다리고 있었다.

하지만 그 누구도 양재득이 다시는 주차장에 세워둔 자신의 차로 돌아오지 못할 것이라는 것을 알지 못했다.

조선남자

朝鮮男子

-천능의 주인-

아름다운 천적(天敵)

　아파트의 지하 주차장에 차를 세운 후 엘리베이터 앞에
선 한서영이 김동하를 바라보았다.

　황실옥에서 그야말로 야차와 같은 모습을 보여준 김동하
였다.

　하지만 지금의 김동하는 황실옥에서 한서영이 보았던 김
동하와는 전혀 다른 얼굴이었다.

　예의 그 천진하고 어린아이같은 표정을 지으며 지하로
내려오는 엘리베이터의 문 위쪽에서 시시각각으로 변하
는 엘리베이터의 숫자를 바라보고 있는 모습이었다.

　한서영이 물었다.

"아까는 왜 그랬어? 그냥 천명만 뺏으면 되는 것을 왜 그렇게 모두 심하게 다치게 만든 거야?"

한서영의 말에 김동하가 고개를 돌렸다.

잠시 한서영을 바라보던 김동하가 입을 열었다.

"아까도 말했지만 저 혼자였다면 가벼운 훈계정도로 끝낼 수도 있었지만 그들이 서영 낭자, 아니 누님을 희롱하는 것이 싫었고 방 안에 앉아 있던 우두머리로 보이는 자의 몸에서 흘러나오는 기운이 저의 막내 사숙의 기운과 닮아서 화가 났었습니다."

한서영이 눈을 깜박였다.

"화가 나면 그렇게 난폭하게 변하니?"

김동하가 머리를 흔들었다.

"제가 그토록 화를 내어 본 것은 그때가 처음이었습니다."

"처음이었다고?"

한서영은 김동하가 화를 내어 본 것이 처음이라는 말에 놀라고 있었다.

김동하가 씁쓸하게 웃었다.

"소생이 천공불진을 열어야 했었던 이유가 바로 막내사숙인 해진사숙 때문이었습니다. 해진사숙으로 인해서 소생이 가족과 헤어져야 했지요. 당시에는 소생의 힘이 약해서 해진사숙을 당할 수가 없었기에 결국 천공불진을 열고 몸을 피해야 했지만, 이곳에 도착한 이후 소생의 무량기가

진화의 벽을 넘었다는 것을 알았습니다. 그건 더 이상 해진사숙을 두려워하지 않아도 된다는 것을 의미했지요. 그런 상황에서 해진사숙과 같은 기운을 가진 자를 보니 저도 약간 마음을 다스리지 못한 것 같았습니다."

한서영이 살짝 입을 벌렸다.

"네 힘으로도 해진사숙이라는 사람을 이길 수 없었단 말이야?"

자신을 안고 하늘을 날아오를 수 있는 가공할 힘을 가진 김동하였다.

그런 김동하가 두려워했던 상대가 있었다는 것이 놀랍기만 했다.

김동하가 머리를 숙였다.

"해진사숙의 힘은 소생의 스승님과 둘째 사숙도 당하지 못할 정도로 높은 경지였습니다. 소생이 무량기의 진화를 피울 경지가 아니었다면 해진사숙의 반초도 못 받아 내었을 것입니다."

"그래?"

한서영의 눈이 깜박였다.

그때 주차장에 주차를 하고 내린 아파트 주민이 엘리베이터가 있는 곳으로 걸어왔다.

신혼부부로 보이는 젊은 남녀들이었다.

두 신혼부부는 엘리베이터 앞에 김동하와 한서영이 서 있는 것을 보자 살짝 놀란 눈으로 바라보았다.

한서영이 세영대학병원의 인턴으로 근무하면서 아파트에서 거주하는 시간은 상대적으로 짧았다.

그 때문에 아파트의 주민들과는 별로 어울리지 못했고 한서영을 아는 사람도 드물었다.

젊은 신혼부부는 김동하와 한서영을 보면서 눈을 동그랗게 뜨고 있었다.

너무나 잘 어울리는 남녀였기 때문이었다.

특히 신혼 부부중에 남자는 놀란 얼굴로 김동하와 한서영을 번갈아 바라보고 있었다.

어떤 남자라고 해도 지금의 한서영을 본다면 시선을 뗄 수 없을 정도로 한서영의 모습은 아름다웠다.

또한 김동하 역시 그런 한서영과 너무나도 잘 어울렸다.

때앵—

맑은 종소리와 함께 엘리베이터가 도착하면서 문이 열렸다.

김동하와 한서영이 먼저 타고 신혼부부가 뒤에 올라탔다.

한서영이 21층을 눌렀다.

순간 신혼 부부 중 여자가 15층을 누르면서 한서영을 향해 입을 열었다.

"21층에 사시나 봐요?"

한서영이 머리를 살짝 숙이며 대답했다.

"네!"

남자가 끼어들었다.

"보아하니 저희들처럼 허니문이신가 보네요?"

남자의 말에 한서영의 얼굴이 살짝 붉어졌다.

김동하는 '허니문'이라는 말을 이해하지 못하고 눈을 깜박이며 얼굴이 붉어진 한서영을 내려 보고 있었다.

"아! 뭐, 네……."

한서영은 굳이 해명을 하고 싶지 않아서 그렇다고 대답하고 말끝을 흐렸다.

남자가 웃으면서 입을 열었다.

"두 분이 너무 잘 어울려서 참 보기가 좋네요."

한서영이 대답했다.

"고마워요."

한서영은 엘리베이터가 빨리 15층에 도착하기를 마음속으로 빌었다.

엘리베이터에 동승한 신혼부부가 꽤나 말이 많은 부부라는 생각이 들었기에 일일이 말대답을 해야 하는 것이 귀찮았다.

김동하가 물었다.

"허니문이라는 것이 무엇입니까?"

김동하의 말을 들은 신혼부부의 여자가 웃었다.

"호호. 신혼기간을 말하는 거예요."

김동하의 미간이 좁혀졌다.

"신혼?"

그때 다시 남자가 물었다.

"두 분은 결혼 언제 하셨어요? 우린 오늘로 딱 2주째입니다. 하하."

남자의 말에 김동하가 약간 멍한 표정으로 한서영을 바라보았다.

한서영이 살짝 붉어진 얼굴로 대답했다.

"아! 며칠 되지 않았어요."

그때였다.

때앵―

엘리베이터가 멈추었다.

1층이었다.

아마 1층에서 위로 올라가기 위해 기다리던 주민이 있는 모양이었다.

문이 열리고 한명의 늘씬한 여자가 엘리베이터 안으로 들어섰다.

순간 한서영의 입이 벌어졌다.

"어?"

막 엘리베이터에 탑승한 여자도 놀란 듯 입을 벌렸다.

"어? 언니!"

엘리베이터에 올라탄 늘씬한 여자는 한서영의 동생인 한유진이었다.

한서영이 물었다.

"유진이 네가 여긴 웬일이야?"

한유진이 대답했다.

"엄마가 언니 아파트에 밑반찬 가져다 놓으라고 해서 왔어. 집에 오라고 해도 안 오니까 나만 힘들어."

한서영을 향해 살짝 눈을 흘긴 한유진의 손에는 제법 큼직한 쇼핑백이 들려 있었다.

한유진은 언니 한서영과 나란히 서 있는 김동하를 보며 눈을 치켜떴다.

남자에 그다지 관심이 없는 한유진도 놀랄 만큼 잘생긴 김동하의 모습이었다.

그때 신혼 부부 중 여자가 입을 열었다.

"호호. 친정에서 밑반찬을 가져다주시나 봐요. 하긴 허니문 중이니 처음엔 도움을 좀 받는 것이 좋죠. 저희도 그렇거든요. 근데 동생분도 언니를 닮아서 무척 미인이시네요?"

여자의 말에 한유진의 미간이 좁혀졌다.

"친정…? 허…니문……?"

친정이라는 말은 결혼한 여자의 본가를 의미한다는 것은 한유진도 알고 있었다.

또한 허니문도 무슨 의미인지 너무나 잘 안다.

남자가 웃으면서 입을 열었다.

"하하. 형부가 미남이라 처제도 기분 좋으시겠네요. 나중에 형부친구 소개해 달라고 해 보세요."

남자의 말에 한유진의 얼굴이 굳어졌다.

"형부? 처제?"

"크음……."

한서영의 얼굴이 붉어졌다.

김동하도 그제야 신혼이라는 말과 신혼 부부가 하는 말의 뜻을 알아듣고 얼굴을 살짝 붉혔다

한유진이 너무나 놀라는 표정으로 한서영과 김동하를 바라보았다.

엘리베이터가 다시 올라가는 중에도 한유진은 한마디도 하지 않고 두 사람을 번갈아 바라보고 있었다.

때앵—

엘리베이터가 15층에 도착하자 신혼 부부 중 남자가 한서영과 김동하를 보며 입을 열었다.

"뭐. 같은 신혼부부끼리 앞으로 친하게 지냅시다. 하하."

여자도 입을 열었다.

"우리 신랑 말처럼 앞으로 친하게 지내요 호호."

한서영이 얼떨결에 머리를 살짝 숙였다.

"아! 네……."

약간은 수다스런 느낌이 드는 젊은 신혼부부가 이내 엘리베이터에서 내렸다.

이어 다시 문이 닫히고 엘리베이터가 올라갔다.

순간 한유진의 눈빛이 매섭게 변했다.

"뭐야. 언제 사고 친 거야? 엄마도 알아? 아빠도 알고 있

118

는 일이야? 나만 모르고 있는 일이야?"

거의 속사포 같은 한유진의 공격이었다.

한서영이 난감한 표정을 지었다.

"유진아, 그게 아니라……."

한서영은 어떻게 해명해야 할지 난감하기만 했다.

한유진의 성격을 너무나 잘 아는 한서영이었다.

한유진이 김동하를 훑어보았다.

"뭐야? 얼굴로 우리 언니 꼬신 거야? 생기기는 왜 이렇게 대책 없이 잘 생긴 거야?"

한유진의 눈빛이 매서웠다

김동하는 눈앞에 서 있는 한유진의 얼굴을 보며 한서영과 많이 닮았다는 것을 알았다.

"서영 누님의 동생이십니까?"

순간 한유진의 눈이 커졌다.

"서영 누님? 연하였어? 언니! 연하 취향이야? 그런 거였어?"

"그게 아니라니까."

한서영이 얼굴을 새빨갛게 붉힌 채 한유진을 바라보았다.

김동하는 자신을 빤히 바라보며 당돌한 표정을 짓는 한유진을 보며 눈을 껌벅였다.

처음 한서영을 만났을 때의 느낌이 한유진에게서도 느껴지는 듯했다.

때앵—

엘리베이터가 21층에 도착하면서 문이 열렸다.

한서영이 재빨리 엘리베이터에서 내렸다.

그런 한서영의 뒤를 재빨리 따라 내린 한유진이 그녀의 뒤를 졸졸 따랐다.

"언니! 저 연하 어디서 만난거야? 언니가 먼저 꼬셨어?"

한유진으로서는 언니에게 남자가 있다는 사실이 무엇보다 충격이었다.

평소 공부 외 남자에겐 전혀 관심이 없던 언니였다.

어린 시절부터 그랬고 의대에 재학 중일 때도 그 흔한 스캔들이나 썸싱 같은 것도 들어본 적이 없었다.

전무하다시피 했던 게 언니의 남자 이력이다.

그런 언니에게 남자가 있다는 사실이 놀라웠다.

그것도 같은 동년배나 연상의 남자가 아닌 너무나 예쁘장하게 생긴 연하의 남자가 있다니.

한유진에게는 커다란 충격이었다.

한유진이 현관문의 도어락 버튼을 누르고 있는 한서영의 옆에 붙어 서서 속삭이듯 말했다.

"언니! 근데 언제부터 같이 산거야? 결혼식을 했다면 당연히 엄마나 아빠 그리고 우리도 몰랐을 리는 없었을 테니 결혼식 대신 먼저 살림부터 차린 거야? 저 남자 뭐하는 사람이야? 언니처럼 의사야?"

한유진의 궁금증은 하나 둘이 아니었다.

아마 모든 것을 사실대로 털어놓기 전에는 한유진의 입을 다물게 할 방법은 없을 것이 분명했다.

한서영이 고개를 돌려 한유진을 바라보았다.

"야!"

한유진의 눈이 커졌다.

"아이씨~ 놀랐잖아"

한서영이 또박또박 말했다.

"네가 생각하는 것과는 다르다고!"

"뭐가 달라? 내 눈에 딱 찍혔는데?"

한유진이 힐끗 뒤쪽에 서 있는 김동하를 올려다보았다.

김동하로서도 어떤 식으로 해명을 해야 할지 난감한 얼굴이었다.

한서영이 머리를 절래절래 흔들었다.

자신의 동생이었지만 한유진의 집요한 성격은 자신만큼 치밀하고 대담하다는 것을 알고 있었다.

딸칵―

문이 열리자 한서영이 먼저 들어섰다.

이어 한유진이 들어섰고 마지막에는 김동하가 현관으로 들어섰다.

그때였다.

벅벅벅―

현관과 거실의 사이에 놓인 중문의 입구에서 무언가 긁는 소리가 들렸다.

김동하가 살려준 포메라니안, 유진이었다.

"멍! 멍!"

포메라니안 유진은 한서영과 김동하가 돌아오자 꼬리를 흔들며 무척이나 반가워했다.

"어머! 개도 키워?"

한유진은 언니의 아파트 거실에 강아지가 있는 것을 보며 놀란 표정을 지었다.

한서영이 대답했다.

"내 강아지 아니야. 동하 꺼야."

"동하?"

한유진이 놀란 얼굴로 고개를 돌렸다.

스르륵—

아파트의 중문이 열리자 문을 열지 못하고 끙끙대던 포메라니언 유진이 그대로 현관으로 달려 나와 김동하의 다리에 매달렸다.

김동하의 입꼬리가 올라갔다.

이곳에 도착한 이후 자신을 이렇게 반갑게 맞아주는 상대가 있다는 것이 고마운 김동하였다.

"유진아! 날 기다리고 있었느냐?"

김동하의 말에 한유진이 고개를 갸웃하며 물었다.

"유진…아? 지금 나한테 한 말이에요?"

김동하가 포메라니언 유진을 안아 올리며 입을 열었다.

"난 이놈에게 한 말입니다만."

순간 한유진의 얼굴이 일그러졌다.

"지금 그 강아지 이름이 유진이라고요?"

"그렇습니다"

"아이씨~ 내 이름이 왜 개 이름이냐고?"

상큼 치켜 올라간 눈매로 김동하를 쏘아보는 한유진의 표정이 사나워졌다.

그때 한서영이 김동하를 바라보았다.

"그 강아지 이름이 유진이야?"

김동하가 머리를 끄덕였다.

"예! 소생이 예전에 키우던 개의 이름이 노들과 도진이었는데, 그 아이들의 이름 첫 글자를 따서 노진이라고 부를 생각이었습니다만 어쩐지 이 아이에게 노진이라는 이름이 어울리지 않아 부드러운 느낌을 더하여 유진이라고 지었습니다."

김동하의 말에 한서영이 잠시 김동하의 품에 안긴 포메라니언 유진의 모습과 동생 한유진의 얼굴을 살피다가 피식 웃었다.

"네 성격이 개차반이니까 둘이 잘 어울리네."

"언닛!"

"시끄러. 들어와."

한서영이 신발을 벗고 거실로 들어섰다.

한유진이 이를 악물고 다시 한번 김동하를 쏘아보고 이내 신발을 벗고 거실로 들어갔다.

김동하도 포메라니언 유진을 안고 거실로 들어섰다.

한서영은 자신의 가방을 던지고 주저앉듯 소파에 앉았다.

출근을 위해서 나섰던 아파트에 이렇게나 빨리 다시 돌아온 것은 그녀에게는 의사의 길을 선택한 이후 처음 맞는 이변이었다.

한유진이 자신이 들고 온 쇼핑백을 주방의 테이블에 올려놓고 돌아왔다.

한유진의 표정이 심상치 않았다.

마치 무언가를 탐색하듯 아파트의 이곳저곳을 눈으로 살피고 있었다.

자신이 예전에 보았을 때와 달라진 것이 없는 것인지 살피는 눈빛이었다.

남자와 여자가 한 집에 살게 되면 알게 모르게 모든 것이 달라진다.

예전에는 아무렇지 않게 생각했던 소소한 것들이 같이 살게 되면 변하게 되는 것이었다.

물론 그것을 정작 본인들은 잘 체감하지 못하는 경우가 많았다.

한유진이 거실의 욕실 문을 열었다.

그리고 욕실의 칫솔걸이를 살피기 시작했다.

욕실의 칫솔걸이에는 달랑 김동하의 칫솔 하나뿐이다.

이곳저곳을 두리번거리던 한유진이 언니 한서영의 눈치

124

를 살피며 물었다.

"안방 열어봐도 돼?"

"맘대로 해."

한서영의 대답을 들은 한유진이 그녀가 사용하는 안방으로 향했다.

안방 문을 열어본 한유진은 언니가 사용하는 화장대와 침실의 침대를 살폈다.

자신이 예전에 보았던 것과 전혀 달라진 것이 없었다.

언니가 사용하는 베게도 하나뿐이었고 화장대 위에 남성용 화장품이나 속옷 같은 것은 보이지도 않았다.

옷 장문까지 열어서 확인해도 역시 남자 옷은 보이지 않았다.

"뭐야? 증거가 없는데……."

혼잣말로 중얼거린 한유진이 안방의 욕실 문을 열었다.

역시 한서영이 사용하는 칫솔 하나뿐이다.

머리를 갸웃거리는 한유진이 다시 거실로 걸어 나왔다.

김동하는 거실의 바닥에 앉아서 자신에게 꼬리를 흔들며 반가워하는 포메라니언 유진과 장난을 치고 있었다.

한서영은 물끄러미 그런 김동하를 바라보고 있었다.

한유진이 한서영의 곁으로 다가와 앉았다.

"비밀 지킬 테니까 나한테 다 털어놔, 언니!"

한서영이 힐끗 한유진을 바라보았다.

동생인 한유진에게 들킨 이상 대충 떼어 내는 것은 힘들다는 것을 알고 있는 한서영이었다.

한서영이 대답했다.

"뭐가 알고 싶은 거니?"

한유진이 기다렸다는 듯이 대답했다.

"저 남자 누구야?"

한서영이 힐끗 김동하를 바라보며 대답했다.

"조선 남자!"

언니의 뜬금없는 대답에 한유진의 눈이 동그랗게 변했다.

"조…선 남자……?"

"그래."

한유진의 큰 눈이 껌벅였다.

조선 남자라는 조금은 특별한 단어는 근래에 와서 낯선 단어로 들리지는 않았다.

남자와 여자들이 의외로 모두 좋아하는 스포츠인 야구에서도 '조선 남자'라는 애칭을 사용하는 선수도 있었다.

야구뿐만 아니었다.

각종 야구를 포함한 각종 스포츠에서도 한국인 특유의 토종기질이 느껴지면 '조선 남자'라는 호칭을 애칭으로 붙이는 경우가 많았다.

한유진이 눈을 껌벅이며 물었다.

"운동선수야?"

그러고 보니 김동하의 체격은 일반적인 남자들보다 건장

하고 듬직한 느낌이었다.

옷으로 가려져 있지만 탄탄한 근육이 느껴질 정도였다.

한서영이 대답했다.

"특별한 능력을 가지고 있긴 하지만 운동선수는 아니야."

천명의 권능을 가지고 있고 하늘을 날아오를 수 있는 해동무의 전수자이니 특별한 능력이 있는 것은 틀린 말이 아니었다.

한유진이 쉴 틈도 없이 물었다.

"그럼 뭐하는 사람이야?"

한유진이 잠시 망설이다가 입을 열었다.

"그냥 조선에서 온 사람이야."

"조선에서 왔다고? 그게 무슨 말이야?"

동생의 물음에 잠시 눈을 깜박이던 한서영이 한유진을 바라보며 정색을 한 얼굴로 대답했다.

"너 어제 나한테 전화해서 하늘을 날아다니는 사람 만나고 싶다고 했지?"

한서영의 아파트 맞은편에서 가스사고가 터진 것이 뉴스에 보도된 것을 보고 한유진이 한서영에게 전화한 것을 말하는 것이었다.

한유진이 머리를 끄덕였다.

"응! 근데 그게 왜?"

"그 사람이 바로 저 사람이야. 앞 동에서 가스사고가 터진 것을 저 사람이 해결해 준 거야."

"뭐?"

한유진이 그제야 놀란 듯 눈을 치켜뜨며 김동하를 바라보았다.

김동하는 여전히 포메라니언 유진과 놀고 있는 중이었다.

비록 같은 공간에 있긴 하지만, 아녀자들의 대화에 끼어드는 것은 장부로서 할 일이 아니라는 것을 김동하의 본능은 알고 있었다.

한유진이 놀란 얼굴로 김동하를 바라보다가 고개를 돌리는 김동하와 시선이 마주쳤다.

잠시 묘한 정적이 흘렀다.

한유진은 처음으로 김동하의 얼굴을 정면으로 세세하게 살폈다.

참으로 잘생긴 얼굴이었다.

한유진이 시선을 돌려 한서영을 바라보았다.

"그거… 영상 컴퓨터로 조작된 것이라고 소문이 났는데 아니었어?"

김동하가 앞 동의 가스사고가 터진 아파트로 날아드는 장면은 실제의 영상이었다.

하지만 119 구급대의 증언과 사고현장으로 날아 들어간 장면은 있지만 빠져나오는 장면은 보이지 않아 누군가 장난으로 영상을 조작했다는 소문이 퍼지기 시작한 것이었다.

하지만 영상에서 조작된 흔적을 찾을 수 없었기에 실제 장면이라는 것을 주장하는 사람들과 인간의 능력으로 하늘을 날 수 없다는 것을 주장하는 사람들의 논쟁이 대립되고 있는 중이었다.

하지만 그 장면의 실제 주인공이 바로 김동하라는 것에 한유진의 눈이 치켜떠지고 있었다.

언니가 거짓말을 할 사람이 아니라는 것을 누구보다 잘 알고 있는 한유진이었다.

"근데 둘이서 어떻게 만나게 된 거야?"

한서영이 대답했다.

"저 사람이… 내가 목욕을 하는 도중에 욕실에 나타났어."

"뭐?!"

한유진은 언니의 말이 이해가 되지 않았다.

언니의 깔끔하고 치밀한 성격을 너무나 잘 알고 있었다.

언니가 집에 와서 문단속도 하지 않고 목욕을 할 사람은 결코 아니었다.

또한 외부인이 함부로 안으로 들어올 수 있을 정도로 허술한 아파트도 아니었다.

"어떻게……?"

"저 사람의 말로는 '천공불진'이라는 시공간의 틈을 여는 방법이 있다고 했어."

"시공간의 틈이라고?"

한유진은 언니의 설명을 듣는 순간 머리가 아파졌다. 도무지 이해가 되지 않았다.

한유진이 이를 악물며 김동하를 바라보았다.

"저기 이봐요."

한유진의 부름에 김동하가 고개를 돌렸다.

김동하의 맑은 시선이 한유진의 반짝이는 시선과 마주쳤다.

한유진이 물었다.

"당신 몇 살이에요?"

김동하가 잠시 머뭇거리다 입을 열었다.

"…소생의 나이는 18살입니다."

순간 한유진의 눈이 동그랗게 변했다.

"18살?"

"예!"

김동하는 망설임 없이 대답했다.

남자 나이 18세면 뜻을 세워 일가(一家)를 이룬다고 해도 모자람이 없다는 말을 귀에 못이 박히도록 들었던 김동하였다.

한유진이 어이가 없다는 듯이 피식 웃었다.

"18살…? 나보다 어려?"

한유진의 나이는 22살이다.

자신보다 4살이나 어리다는 김동하 때문에 한순간 기가 막혔다.

자신보다 4살이나 어리면 언니와는 8살의 차이다.

한유진이 한서영을 돌아보며 중얼거렸다.

"어디서 연하남을 주워 와도 이런 핏덩이를 주워와? 18살이면 지은이랑 동갑이잖아?"

한유진이 말하는 지은은 자신의 동생이자 언니 한서영의 셋째동생인 한지은을 말하는 것이었다.

이제 고등학교 3학년이었기에 늘 공부하라는 타박을 받는 동생이다.

그런 한지은과 같은 나이라는 게 믿어지지 않았다.

한서영이 피식 웃었다.

"주워오다니?"

한서영이 실소를 터트리자 한유진이 김동하를 쏘아보았다.

"야!"

순간 김동하의 얼굴이 굳어졌다.

한유진이 말한 '야'라는 호칭이 자신을 의미한다는 것을 모를 리가 없는 김동하였다.

김동하가 대답했다.

"소생은 야가 아니라 김동합니다. 소영누님의 동생이시라면 소생을 칭하는 언행도……."

"까불지 마!"

한유진이 단번에 김동하의 말을 잘랐다.

김동하가 멍한 얼굴로 한유진을 바라보았다.

"너 몇 살이라고 했지?"

한유진이 다시 한번 물었다.

한서영이 그런 동생의 모습을 살짝 눈썹을 찌푸린 채 바라보았다.

한유진의 성격상 말린다고 들을 아이가 아니라는 것을 너무나 잘 알고 있었다.

자매로서 닮을것이 없어서 자신의 깐깐한 성격까지 닮은 한유진이었다.

김동하가 대답했다.

"18살입니다."

"난 22살이야. 그럼 연상인 내가 핏덩어리 같은 연하의 꼬맹이인 너한테 '야'라고 해도 되지?"

"아, 아니 그게……."

김동하의 눈빛이 흔들렸다.

"울 언니가 너한테 어떤 존재인지는 모르지만 넌 나한테 잘못 보이면 그 길로 끝장이야. 너 내 성격 잘 모르지? 응? 존만이야."

한순간 김동하의 표정이 굳어졌다.

'존만이'라는 단어는 한서영에게서 처음 들었다가 이번에는 한유진에게도 듣고 있는 중이었다.

그게 결코 좋은 의미의 단어가 아님을 느끼고 있었다.

한서영이 김동하를 바라보며 입을 열었다.

"유진이 나쁜 애 아니야. 그리고 동하를 괴롭히려고 하

132

는 게 아니니까 그냥 나처럼 누나로 대하면 될 거야."

한서영의 말에 한유진이 코웃음을 흘렸다.

"흐흐. 언니 말 들었지? 어서 나한테 누나라고 해 봐."

그때 김동하랑 놀던 포메라니언 유진이 한유진이 김동하
에게 윽박지르는 것을 보고 화가 난 것인지 한유진의 다리
를 살짝 깨물었다.

피가 날 정도는 아니었지만 제법 다리가 따끔할 정도의
통증이 느껴졌다.

더구나 짧은 핫팬츠의 옷차림이었기에 한유진의 다리는
그야말로 깨물기 쉬운 표적이다.

"멍!"

"아야!"

한유진은 강아지가 자신의 다리를 따끔하게 깨물자 얼굴
을 찌푸리며 포메라니언 유진을 노려보았다.

"이 자식이 누굴 깨물어?"

김동하가 말했다.

"이 자식이 아니라 유진입니다. 유진아! 그럼 못 써."

"뭐?"

한유진이 멍한 표정을 지었다.

김동하가 눈을 지그시 뜨면서 입을 열었다.

"네가 비록 예전에는 똥, 오줌도 가리지 못한 강아지였
다고 하지만 나의 천명을 받은 이상 사람보다 더 현명해질
수도 있을 것이다. 그러니 유진이 너는 앞으로 강아지가

아니라 사람처럼 행동해야 할 것이다. 알겠느냐?"

김동하의 말에 한유진이 입을 벌렸다.

그의 말이 자신에게 하는 말처럼 들렸기 때문이다.

"야!"

한유진의 입에서 뾰족한 고함소리가 터져 나왔다.

한서영이 옆에서 듣다가 입을 가리면서 웃고 있었다.

김동하가 하필이면 자신의 동생 이름인 '유진'을 강아지에게 지어준 것이 참으로 기막혔다.

김동하는 능청스런 얼굴로 입을 다물고 있었다.

한유진의 입술이 바르르 떨리고 있었다.

"야! 그 개 이름 바꿔."

한유진은 자신과 이름이 같은 포메라니언 유진의 이름 때문에 왠지 자신이 희롱당하고 있다는 생각이 들었다.

김동하가 대답했다.

"어찌 한번 지은 이름을 바꾸겠습니까? 저는 유진이라는 이름이 참 좋습니다."

"야!"

약이 오른 한유진이 고함을 질렀다.

김동하가 자신의 발 앞에서 살랑이는 포메라니언 유진을 향해 손을 내 밀면서 입을 열었다.

"유진아! 한번 짖어 보겠느냐?"

"멍!"

"아이씨~"

"잘했다."

김동하와 포메라니언 유진 그리고 동생인 한유진의 기막힌 소통에 한서영이 웃음을 터트렸다.

"호호호호호."

김동하는 마치 일부러 그러는 것인지 한유진의 약을 올리는 것 같았다.

한유진이 김동하를 바라보았다.

"야! 존만이 너……."

김동하가 한유진을 바라보았다.

"서영 누님의 동생이시나 저에겐 확실히 누님뻘이니 당연히 누님의 대접을 해 드릴 것입니다. 허나 그 존만이라는 호칭은 좀 사용을 자제하시는 것이 어떤지요?"

한서영이 코웃음을 쳤다

"흥! 싫어. 넌 영원히 나한테 존만이라니까."

김동하가 다리 아래서 놀고 있는 포메라니언 유진을 바라보았다.

"날이 뜨거우니 유진이 네가 더울 것 같으니 털을 몽땅 깎아줘야 할 것 같구나. 민망하겠지만 참을 수 있겠느냐? 미물이긴 하나 명색이 너도 여자인데 부끄러울 것은 당연하겠지."

"멍!"

"뭐?"

다시 김동하가 강아지를 상대로 이름을 가지고 장난을

치자 한유진의 입이 벌어졌다.

"호호호. 그만해."

한서영이 웃으면서 두 사람을 말렸다.

한유진이 화가 난 듯 씩씩거리는 표정으로 김동하를 바라보았다.

한서영이 한유진의 손을 잡으며 입을 열었다.

"그러지 말고 동하와 친하게 지내. 그리고 동하를 알게 된다는 것이 너에게 얼마나 큰 행운인지 넌 모를 거야."

한서영의 말에 한유진이 눈을 깜박였다.

"그게 무슨 소리야?"

"천명이라는 것이 무엇인지 아니?"

한유진이 멍한 표정으로 한서영을 바라보았다.

한서영이 김동하를 바라보며 입을 열었다.

"동하는 천명이라는 권능의 주인이야. 그리고 그것 때문에 시공간의 틈을 열고 여기로 온 것이고"

한유진이 머리를 흔들었다.

"무슨 말인지 이해가 안 돼. 내가 알아들을 수 있도록 쉽게 설명해 줘."

김동하가 중얼거렸다.

"우리 유진이라면 알아들었을 것입니다."

"야! 이 존만이야!"

한유진이 화가 난 얼굴로 김동하를 쏘아보았다.

참으로 기막힌 상생이었다.

한유진과 김동하의 첫 만남은 너무나 황당한 사연으로 시작하고 있었다.

하지만 그것이 두고두고 김동하와 한유진의 아옹다옹한 천적(?)관계로 이어지게 만들 것임은 두 사람 모두 짐작하지 못했다.

한유진의 성질을 더 건드리면 그녀가 진짜로 화를 낼 것 같아서 김동하가 포메라니언 유진을 안고 자신의 방으로 들어가 버렸다.

김동하가 거실의 욕실 옆방으로 들어가 버리자 한유진이 눈을 껌벅였다.

"저 방이 쟤 방이야?"

한서영이 머리를 끄덕였다.

"응."

한유진이 잠시 언니의 얼굴을 바라보다가 물었다.

"언니! 정말 쟤랑 살 거야? 여기서?"

한서영이 대답했다.

"넌 운명이라는 것을 믿니?"

"운명?"

"그래, 운명말이야. 하늘이 정해주는 것이지. 근데 동하와 내가 그렇게 하늘이 정한 운명으로 만나진 것 같아."

"무슨 말을 하는 거야? 쟨 지은이와 동갑이야. 언니보다 8살이나 어린 남자라고. 지금 고3나이란 말이야. 앞날이 창창한 의사가 미래가 보이지 않는 18살짜리 연하랑 살겠다고?"

한유진은 언니 한서영이 잠깐 머리가 이상해진 것이 아닌지 걱정이 되었다.

하긴 자신보다는 좀 떨어지는(?) 미모에 주구장창 공부만 해서 기어이 의사가 된 영리한 젊은 의사가 앞날을 예측할 수 없는 어린 남자에게 마음을 뺏겼다는 것이 이상하지 않으면 같은 피를 타고난 자매라고도 할 수가 없을 것이다.

한서영이 잠시 한유진을 바라보다가 입을 열었다.

"아까 천명이 뭔지 아느냐고 내가 물었지? 그리고 동하가 천명이라는 권능의 주인이라고 말했고."

"그게 뭐야?"

한유진은 언니가 자꾸만 언급하는 천명이 무엇인지 궁금했다.

한서영이 입을 열었다.

"천명은 생명이야."

"생명이라고?"

"그래. 너도 뉴스에서 들었던 저 앞 동의 가스폭발사고 알지?"

"응!"

한유진이 머리를 끄덕였다.

한서영이 한유진의 눈을 똑바로 마주 보면서 입을 열었다.

"동하의 말로는 그 당시 저 아파트에 살던 네 식구 모두 생명을 잃었다고 했어. 죽었단 말이지. 119가 도착해도 그 사람들을 살릴 수는 없었을 거야."

한유진이 눈을 깜박거리며 대답했다.

"뉴스에는 인명피해가 없었다고 하던데?"

한서영이 대답했다.

"맞아. 그건 동하가 그 가족들에게 천명을 돌려주었기 때문이었어. 그래서 그 사람들이 살 수 있었던 거지."

"무슨 소리야? 그건……."

"동하가 천명이라 불리는 권능의 주인이라는 의미는 인간을 비롯한 모든 생명체의 생명을 주관할 수 있는 능력을 가지고 있다는 거야. 그리고 그것 때문에 나를 만나게 된 것이었고… 천공불진의 공간이 나에게 이어지게 한 것이지."

"……."

한유진은 언니의 말이 이해가 되지 않았다.

한유진이 잠시 한서영의 얼굴을 바라보다가 입을 열었다.

"좀 더 쉽게 말해줄 수 없어?"

한서영의 설명을 들어도 이해가 되지 않는 것은 어쩔 수가 없었다.

더구나 생소한 '천명'이라는 단어와 '권능'을 비롯해 '천공불진' 어쩌구 하는 이야기는 자세한 해설이 아니라면 도

저히 이해가 불가능했다.

한서영이 대답했다.

"오늘 언니가 직접 본 이야기를 해 줄게."

한서영은 친구들의 사악한 음모에 빠져 스스로 목숨을 끊었던 최은지의 이야기를 들려주기 시작했다.

병원에서 김동하를 만나 우연한 사고로 인해 영안실로 들어갔고 그 속에서 머리가 부서진 시신의 상태로 안치되어 있던 최은지와 대면하게 된 상황을 단숨에 풀어놓았다.

언니의 이야기를 듣고 있는 한유진의 얼굴이 하얗게 질려가고 있었다.

한서영이 담담한 얼굴로 계속 한유진에게 이야기를 들려주었다.

"동하가 손에 가득 고인 안개와 같은 푸른빛을 최은지라는 학생의 입에 부어넣어 주는 순간, 믿을 수 없는 일이 일어났어. 부서진 상처가 회복되고 뒤틀린 그 아이의 몸이 원래대로 돌아오는 것이었어. 너무나 순식간에 벌어진 일이어서 나도 꼼짝하지 못하고 그냥 지켜보기만 했을 뿐이야. 잠시 후 생명이 끊어졌던 그 여학생이 다시 숨을 쉬며 깨어나더라. 정신을 잃지 않은 게 다행이었어."

언니 한서영의 이야기를 들어도 한유진은 그 말을 믿을 수가 없었다.

언니의 말이 사실이라면 지금 거실 욕실의 작은 방으로 들어간 김동하가 신의 능력을 가지고 있다는 것을 의미했

기 때문이다.

인간은 신이 될 수 없다는 것을 누구보다 잘 알고 있는 한유진이었다.

더구나 지금 언니가 하는 이야기는 자신도 알고 있는 이야기였다.

세영대학병원에서 죽은 사람이 다시 살아났다는 소식이 SNS를 타고 급속하게 번져가고 있었고 자신도 그 소식을 들었다.

그 때문에 언니에게 그 사실을 확인하려고 전화를 했다가 언니가 근신이라는 징계를 받았다는 소식을 듣게 된 것이었다.

"그, 그게 정말이었다고?"

한유진이 자신도 모르게 김동하가 들어간 거실의 방문을 바라보았다.

한서영이 입을 열었다.

"동하는 지금 이곳이 낯선 곳이야. 동하의 말로는 514년이라는 세월을 건너서 도착했다고 했어. 그런 동하니까 지금의 세상에서는 아무것도 모르는 철부지 같은 아이와 같겠지. 만약 누군가 그런 동하의 능력을 알고 동하를 이용하려 한다면 어떤 일이 생길 것 같니?"

"세상에……."

"동하에게는 내가 필요하고 나도 동하를 세상에 그냥 놓아둘 수가 없어. 아까 내가 말한 동하와 내가 만나게 된 것은 하늘이 안배한 운명이라고 한 뜻도 그 의미였어.”

언니 한서영의 이야기를 모두 들은 한유진은 그야말로 언니의 운명이 짝지은 사람이 바로 김동하라고 생각했다.

잠시 눈을 깜박이던 한유진이 일어섰다.

그리고는 김동하가 들어간 방문 앞에 섰다.

똑똑.

노크를 한 한유진이 입을 열었다.

“야…! 좀 나와 봐…….”

남자가 있는 방 문을 함부로 열어본 적은 단 한 번도 없는 한유진이었기에 문을 열 생각도 하지 않았다.

한유진의 표정은 살짝 상기되어 있었다.

이내 방문이 열렸다.

딸깍—

문이 열리면서 김동하의 건장한 모습이 보였다.

살짝 열려진 문틈 사이로 보이는 김동하가 머물고 있는 방은 그야말로 단출했다.

김동하가 잠을 잘 수 있는 이불과 물을 마시도록 놓아둔 물병이 전부였다.

텔레비전도 없고 컴퓨터도 없다.

그야말로 삭막한 공간이라고 할 수밖에 없었다.

김동하가 한유진을 바라보며 눈을 껌벅였다.

김동하의 발아래 포메라니언 유진이 한유진을 올려다보고 있었다.

한유진이 김동하를 보며 입을 열었다.

"좀 나와 봐."

김동하가 물었다.

"저에게 더 하실 말씀이라도 있으신지요?"

"그래. 거실로 와."

말을 마친 한유진이 몸을 돌렸다.

김동하의 눈을 보면 빠져버릴 것 같다는 생각이 든 것은 처음이었다.

하지만 이제 김동하는 언니의 남자였다.

김동하가 포메라니언 유진과 함께 거실로 다시 나왔다.

소파에서 자신을 바라보고 있는 한서영의 모습이 보이고 있었다.

"무슨 일입니까?"

김동하가 다시 거실의 한가운데 주저앉으며 물었다.

한서영이 대답했다.

"유진이에게 동하의 이야기를 전부 해주었어. 동하가 어디서 왔고 어떤 힘을 가지고 있는지 모두 말해줬어."

김동하가 아무 말도 하지 않고 머리를 끄덕였다.

김동하는 한서영을 이해했다.

8살이나 어린 연하의 남자와 함께 동거를 하고 있는 지금의 상황을 동생에게 제대로 해명하기 위해서는 어쩔 수 없었을 것이었다.

한유진이 김동하를 바라보며 입을 열었다.

"존만이 네가 언니랑 동거를 하게 된 사연은 모두 들었어. 그런 능력이 있다는 게 믿어지지 않지만 언니가 거짓말을 할 사람은 아니라는 것과 세영대학병원에서의 일은 나도 들었으니 믿지 않을 수가 없었지. 근데 아무리 그렇다고 해도 내가 존만이 너의 누나뻘이라는 것은 절대로 변하지 않을 거야. 네가 존만이란 사실도 변하지 않을 거고."

김동하가 눈을 껌벅이며 입을 열었다.

"서영 누님과 동생 누님은 원래부터 그 존만이라는 말을 남자들에게 사용하는 것을 즐겨 하십니까?"

"뭐?"

"뭐라고?"

한서영과 한유진이 멍한 얼굴로 김동하를 바라보았다.

김동하가 입을 열었다.

"어째 두 분이서 똑같이 저에게 그 존만이라는 호칭을 사용하십니까?"

한유진이 한서영을 돌아보았다.

"언니도 얘한테 존만이라고 했어?"

"음……?"

한서영의 눈이 껌벅였다.

잠시 잊고 있었지만 자신이 그 호칭을 사용했다는 것이 머릿속에 떠올랐다.

한서영이 대답했다.

"그, 그건 그냥 좋은 사람을 부를 때 좋다는 표현을 에둘러 포장해서 애칭으로 사용하는 것으로 이해하면 될 거야."

김동하가 머리를 끄덕였다.

"알겠습니다."

김동하에게 '존만이'의 진짜 의미를 숨긴 것이 나중에 한서영에게는 기가 막힐 정도의 파급력으로 돌아오게 될 터였다.

그러나 그 사실을 지금은 짐작도 하지 못하고 있었다.

조선남자

朝鮮男子

-천능의 주인-

불진(佛塵)에 숨은 뜻

　근신이라는 징계는 한서영에게 익숙하지 않은 어색한 휴식을 안겨주었다.

　자신이 있어야 할 자리가 아닌 생소한 자리에 놓인 느낌이었고 무엇을 해야 할지 어떤 생각을 해야 할지 갈피조차 잡기가 힘이 들었다.

　한서영으로서는 자신이 살아온 26년의 세월동안 참으로 처음으로 맞이하는 어색한 휴식이라고 할 수가 있었다.

　매일 보던 환자들과 간호원들, 교수와 동료인턴들을 비롯해 최태영같은 레지던트 선배들과의 교류조차 이제는 아득한 옛일처럼 느껴지는 황당한 경험을 처음으로 하고 있는 한서영이었다.

동생인 한유진이 한바탕 흔들고 지나간 아파트는 고요한 정적에 휩싸여 있었다.

김동하는 거실에서 포메라니언 유진과 함께 TV를 보고 있었다.

모처럼의 휴식이었기에 김동하와 나들이라도 나가고 싶은 생각이 잠시 들었다.

하지만 황실옥에서 겪었던 끔찍한 경험이 떠올라 집밖을 나가기도 싫었다.

잠시 자신이 공부를 하는 방으로 들어온 한서영은 오랜만에 한동안 등한시했던 자신의 책방을 정리할 생각을 했다.

그렇지 않아도 인턴생활 중에는 자주 들어와 보지도 못했던 방이었다.

때마침 병원에서 보던 책도 집으로 가져왔으니 그것까지 한꺼번에 정리할 생각으로 책장을 살펴보았다.

자신의 책방을 훑어보던 한서영은 자신이 고등학교 시절 공부하던 책들이 책장의 하단 쪽에 진열되어 있는 것을 보았다.

워낙 깔끔한 것을 좋아하는 한서영이었기에 자신이 읽던 책도 거의 낙서 하나 없을 정도로 깨끗했다.

어떻게 보면 책이 더러워지는 것은 그 책을 손에서 놓지 않고 열심히 공부했다는 것을 증명하는 것이다.

하지만 그런 기준으로 본다면 한서영은 전혀 책에 손을 대지도 않은 것과 같을 것이었다.

책을 살펴보던 한서영이 힐끗 거실 쪽으로 시선을 던졌다.

김동하가 정말 한의학으로 미래의 진로를 결정한 것이라면 한의대에 진학하는 것이 옳을 것이었다.

우리나라의 한의과 의사자격시험을 치르기 위해서는 반드시 한의대 6년 과정을 수료해야 한다.

그래야만 응시자격이 주어지기 때문이다.

하지만 현재의 학습과정에 아무런 기초적 지식이 없는 김동하가 한의대 입학을 위해 시험을 준비하는 것은 어려울 것이 분명했다.

셋째 동생인 지은이와 같은 나이의 김동하였지만 지금까지 줄곧 초중고 교과과정을 밟은 지은이와는 달리 김동하는 그야말로 한글도 모르는 어린아이와 같은 격이었다.

잠시 눈을 깜박이던 한서영이 머리를 흔들며 중얼거렸다.

"만약 본인 의사가 확실하다면 나한테 말해 주겠지."

억지로 공부시킨다는 것이 얼마나 힘든 것인지 알고 있는 한서영이었다.

한서영은 병원에서 가져온 짐을 정리하기 위해 가방을 풀었다.

순간 한서영의 눈에 하나의 물건이 들어오고 있었다.

김동하에게 돌려준다고 늘 가지고 있었지만 번번이 깜박 잊었던 물건이었다.

불진의 긴 자루가 가방 속에 놓아둔 책 사이에 떨어져 있었다.

한서영이 불진의 자루를 집어 들었다.

불진의 자루는 한서영과 김동하가 처음 만났을 때 김동하가 나타났던 자리에 놓여 있었던 물건이었다.

김동하는 잊었을지 모르지만 한서영은 그것이 김동하와 함께 나타난 것에 이유가 있을 것이라는 생각이 들었다.

하지만 자신이 아무리 살펴보아도 불진에는 어떤 흔적도 없어보였다.

한서영이 불진의 자루를 들고 자신의 책방을 나섰다.

김동하가 텔레비전에서 방영되고 있는 의학다큐멘터리를 보고 있었다.

김동하는 그야말로 텔레비전의 내용에 거의 정신이 빠져 있는 모습이었다.

인체의 구조가 너무나 적나라하게 화면에 표현되어 있었고 장기의 역할이나 모양까지 참으로 세세하게 설명하고 있었다.

한서영이 힐끗 텔레비전의 화면을 보다가 김동하를 바라보았다.

"아버지가 어의라고 했지?"

김동하가 텔레비전에서 시선을 떼며 한서영을 보았다.

"물론입니다."

"의술을 하고 싶은 거니?"

한서영이 반짝이는 시선으로 김동하를 바라보았다.

김동하가 잠시 머뭇거리다 입을 열었다.

"천명의 힘을 빌린다면 한계가 있을지 모르니 아버님이 가르쳐주신 의술을 겸한다면 도움이 될 것이라고 생각합니다."

김동하의 능력으로는 최대치의 천명으로도 일곱 명밖에 사용하지 못한다는 것을 둘러말하는 것이었다.

한서영이 머리를 끄덕였다.

"그럼 한의학을 계속 해 보겠다는 거네?"

김동하가 빙긋 웃었다.

"서영 누님이 알고 있는 현대의학으로도 풀지 못하는 문제도 한의학으로 풀 수 있을 겁니다."

한서영이 눈을 깜박였다.

"한의학이 그렇게 대단하다면 왜 세월이 수백 년이나 흐른 지금, 현대의학이 더 앞서있는 결과를 보일까?"

김동하가 잠시 생각하다가 입을 열었다.

"제가 살던 과거에는 자신만의 비전이라고 생각한 의술을 마땅한 전승자가 아니라면 전승해 주지 않았지요. 그 결과 수많은 비전들이 잊히고 비밀로 감추어져 사라졌을 것입니다. 나아가 그러한 것도 이유가 될 수 있겠지만, 과거에는 의술을 행하는 의원을 천시하고 경원했던 것이 더 큰 이유가 될 수 있었을 것입니다. 의술을 배운다는 것이 천하다고 생각했으니까요."

김동하의 말에 한서영이 작게 탄성을 터트렸다.

김동하의 말이 틀리지 않을 것이라는 생각이 들었다.

과거에는 사람의 병을 살피는 의원을 양반이 아닌 천민들이나 중인들이 생계의 수단으로 삼았다고 생각하는 경우가 대부분이었다.

한서영이 잠시 김동하를 바라보다가 손에 들린 불진의 자루를 내밀었다.

"받아."

김동하가 눈을 껌벅였다.

"이게 무엇입니까?"

한서영이 대답했다.

"잊었니? 네가 처음 나와 만났을 때 너와 함께 도착한 물건이었어. 돌려주려고 했는데 늘 깜박하고 잊어. 마침 병원에서 내 물건을 정리하다가 생각나서 챙겨온 거야."

김동하는 한서영이 내미는 불진의 자루를 손으로 잡았다.

그제야 자신이 알몸으로 한서영의 앞에 모습을 드러냈을 때 자신의 몸에서 떨어진 불자(佛子─佛塵)의 자루가 머릿속에서 떠올랐다.

"맞아. 그때 이것이 내 몸에서 떨어졌었지."

김동하가 약간 멍한 시선으로 불진의 자루를 만지며 살

154

펴보았다.

  불진의 자루는 애초에 말총과 같은 끈이 달려 있어 예불을 올리거나 불사를 볼 때, 벌레나 잡념을 제거하기 위해서 사용한다.

  하지만 지금은 오직 불진의 자루뿐이었다.

  한서영이 불진의 자루를 살피는 김동하를 보며 입을 열었다.

  "네 물건이니 이제부터 네가 간수해."

  한서영의 말을 흘려들으며 김동하가 불진의 손잡이를 바라보았다.

  불진의 손잡이는 무척 낡은 느낌이 들었다.

  무척 오랫동안 사용했던 것 같았고 손잡이를 감고 있는 얇은 실에는 손때가 묻어 있었다.

  한참을 내려다보던 김동하는 불진의 손잡이에서 스승의 체취가 흘러나오는 것 같단 생각이 들었다.

  스승인 해원큰스님의 흔적이 곳곳에 남았다는 생각에 자신도 모르게 불진의 손잡이를 꼭 쥐었다.

  한참을 불진의 손잡이를 쥐고 있던 김동하는 문득 어떻게 이것이 자신의 몸에 남겨졌는지 궁금해지고 있었다.

  옷조차 걸치지 못하고 열어야 했던 천공불진의 공간을 이 불진의 손잡이가 자신과 함께 통과했다는 것이 이상했다.

  김동하의 눈빛이 차분하게 가라앉았다.

"스승님이 이것을 남겼다면 분명 그 이유가 있을 것이다."

김동하가 두 눈에 무량기의 기운을 끌어 올렸다.

다른 사람의 눈에는 아무짝에도 쓸모없는 낡은 막대기 정도로 보이는 불진의 손잡이였지만 김동하에게는 스승의 안배가 숨겨져 있는 물건일 수도 있었다.

불진의 손잡이를 살펴보는 김동하의 눈이 반짝였다.

불진의 손잡이를 감고 있는 얇은 실의 마디가 중간에 끊어져 있다는 것을 발견한 것이다.

원래 불진의 손잡이를 감고 있는 실이라면 끊어지지 않고 처음과 끝이 한 줄로 이어져 있어야 했다.

하지만 김동하의 눈에는 불진의 손잡이를 감고 있는 실이 중간에 끊어져 있다는 것이 너무나 생생하게 보이고 있었다.

불진의 손잡이에 관심이 없는 사람이라면 절대로 찾을 수 없는 매듭의 변화였다.

김동하가 이내 끊어진 실의 마디부분을 자세히 들여다보았다.

실이 끊어져 있다면 분명 그 끊어진 마디사이에 무언가 흔적이라도 남아 있을 것이라는 생각이었다.

한편, 한서영은 김동하가 자신이 넘겨준 불진의 손잡이를 잡고 한참을 내려다보다가 표정이 변하는 것을 보며 살짝 놀랐다.

"그게 뭔데 그렇게 들여다 보는 거니? 내가 보기엔 그저 쓸모없는 막대기 같은데……."

한서영의 물음에 김동하가 머리를 숙인 채 대답했다.

"저의 스승님이 저에게 남겨주신 물건입니다. 불자라고 하기도 하고 불진이라고 하기도 하는 것이지요."

"불자? 불진?"

한서영은 김동하의 말에 눈을 동그랗게 치켜떴다.

꽤 오랫동안 들여다보았지만 어디에 사용하는 물건인지 어떤 용도로 쓰는 것인지 알지 못했던 낡은 막대기였다.

하지만 김동하는 그 막대기를 무척이나 소중하게 생각하고 있는 듯했다.

"그게 어디에 쓰는 물건인데?"

김동하가 머리를 들어 한서영을 바라보았다.

"스님들이 예불을 드릴 때 벌레를 쫓거나 자신의 정신을 수양하기 위해서 사용하는 물건입니다."

"그래?"

"여기에 말총과 같은 긴 끈을 묶어서 사용하지요."

김동하가 불진의 끝 쪽을 손으로 살짝 쓰다듬었다.

한서영은 평범하고 쓸모없는 막대기로 보였던 물건이 불교에서 사용하는 불진이라는 것을 알고 살짝 놀란 표정을 지었다.

김동하가 다시 말을 이었다.

"그런데 여기 불진의 손잡이를 감고 있는 실의 매듭이 끊어져 있습니다."

"뭐?"

"매듭은 보통 매듭이 없이 감겨있는 것이 정상이라 처음과 끝이 이어져 있는 것이 대부분인데 이것은 끊어져 있어서 좀 이상합니다."

한서영은 자신이 오랫동안 들여다본 불진의 매듭이 비정상이었다는 것을 꿈에도 생각하지 못했다.

그녀의 큰 눈이 초롱초롱해지고 있었다.

불진의 손잡이가 김동하에게 어떤 형식으로든 도움이 되기를 바라는 것이었다.

김동하는 매듭이 끊어진 부분을 살짝 비틀어 보았다.

하지만 전혀 어떤 변화도 일어나지 않았다.

잠시 눈을 깜박이던 김동하가 이번에는 매듭이 만들어진 부분을 중심으로 양쪽으로 살짝 당겼다.

그때였다.

딸칵—

마치 단단하게 잠겨있던 자물쇠가 풀어지는 듯한 소리가 울렸다.

한순간 김동하의 눈이 커졌다.

"이건……."

김동하는 불진의 매듭이 만들어진 부분이 살짝 벌어진 것을 확인했다.

불진은 애초에 두 개의 마디가 연결되어 있었던 것이었다.

불진의 매듭이 끊어져 있다는 것을 몰랐다면 절대로 알 수가 없는 비밀이었다.

김동하가 이내 불진의 손잡이를 잡고 좌우로 다시 당겼다.

투둑—

김동하의 손에 불진의 손잡이는 완전히 좌우로 분리되어 이제는 김동하의 손에 두 개의 작은 막대기가 들려 있었다.

한서영은 자신도 몰랐던 불진의 비밀에 살짝 입을 벌렸다.

"아!"

김동하의 왼손에 쥐어진 불진의 마디는 오른손에 쥐어진 불진의 자루와 연결될 수 있도록 작은 홈이 만들어져 있었고, 그 홈의 기준으로 안쪽으로 들어갈 수 있게 둥글게 패인 모습이었다.

참으로 세밀하게 다듬은 듯한 모습이었다.

이제 불진은 완전히 두 개로 분리되었다.

김동하는 분리된 불진의 안쪽에 무엇인가 들어 있다는 것을 알 수 있었다.

그것은 돌돌 말려 있는 얇은 종이였다.

김동하의 얼굴이 굳어졌다.

자신에게 남겨놓은 스승의 흔적을 드디어 발견한 것이었다.

하긴 아무런 이유도 없이 천공불진의 공간속으로 들어간 김동하에게 불진이 함께 남겨졌을 리는 없을 것이었다.

김동하가 종이가 들어 있는 불진의 구멍을 아래로 내리고 가볍게 털어내자 둥글게 말려 있는 종이가 구멍에서 빠져 나오고 있었다.

김동하가 말려 있는 종이를 잡고 살짝 당기자 이내 종이가 구멍에서 빠져 나왔다.

종이는 두 뼘이 채 되지 않은 폭이었지만 둥글게 말려 있는 것으로 보아 길이는 두 뼘이 넘을 것 같았다.

김동하가 심호흡을 하면서 종이를 천천히 풀었다.

한서영은 불진의 안쪽에 종이가 들어 있는 것을 보며 눈을 치켜떴다.

514년 전에 사용되었던 불진 속에서 숨겨져 있던 비밀이 드러나는 것을 지켜보는 한서영의 가슴이 뛰고 있었다.

김동하가 종이를 펼쳤다.

김동하의 눈이 커졌다.

한서영이 물었다.

"그게 뭐니?"

김동하가 굳은 얼굴로 대답했다.

"스승님이 남기신 서신입니다."

"뭐?"

한서영의 눈이 커졌다.

과거 514년 전에 김동하의 스승이 미래의 김동하에게 전

160

하는 서신이라는 것에 너무나 놀라고 있는 한서영이었다.

김동하는 종이 위에 가득하게 적혀 있는 너무나 익숙한 서체를 보며 저절로 가슴이 저리는 감회를 느끼고 있었다.

글자 하나하나마다 스승의 체취가 가득하게 남아 있다는 생각이 들었다.

스승이 남긴 서신의 글씨체는 김동하에게 너무나 익숙한 글씨체였다.

한서영이 물었다.

"뭐라고 적어놓으신 것이니?"

한서영은 한자를 잘 모른다.

그 때문에 김동하의 어깨너머로 종이의 글을 보았지만 그게 어떤 뜻인지 전혀 알 수가 없었다.

김동하의 스승인 해원스님은 언문 대신 한자로 김동하에게 무언가를 전하고 있었다.

[동하에게 스승이 전한다.

먼저 네가 스승이 남기는 이 서한을 읽고 있을 때에는 천공불진의 공간을 지난 후가 될 것이다

너와 너의 사숙 해인이 돈의문 밖 충현의 너의 사택으로 돌아갔을 때, 스승이 급히 이 글을 적어 너에게 남기는 것이니라.

해인이 찾아와 너의 부친인 어의영감의 하옥소식을 나에

게 전한 후에 다시 천간을 짚었다.

왕조에 광(狂)의 기운이 성하여 결국 어의영감은 흉(凶)과 망(亡)의 천운을 피하지 못할 것임을 알았다.

또한 너의 천명을 노리는 막내사숙 해진의 패의 기운이 날이 갈수록 드세어지는 것이 천간에 읽혀지는구나.

애초에 너에게 천공불진의 공간을 열어주는 것은 2년 후로 미리 예정하였으나 천운이 다급하여 급히 천공불진의 서둘러 열어야 했다.

하늘이 너에게 천명의 권능을 안배하고도 또 다른 운명을 너에게 부여하니 이것은 네 스스로 걸어야 할 천운임을 받아들여야 할 것이며 이 스승도 어찌 할 수가 없구나.

다만, 너의 부친 어의영감은 흉, 망의 기운을 피할 순 없을 것이나 다행하게도 동하 너의 모친과 누이의 운명은 사특한 기운사이에 길(吉)의 기운이 도사리고 있어서 천운이 있다면 명을 보전할 수 있을 것이라 사제 해인을 통해 전하기로 하였다.

천공불진의 공간을 여는 것을 결정한 이후 동하 네가 모든 것을 알게 된다면 필시 충현의 어머니와 누이를 구하기 위해서 용렬한 고집을 피울 것이라 염려되어 너에게는 알리지 않기로 결정하였다.

스승의 무정함이 원망스럽다 하여도 상관없다.

다만, 스승은 네 운명에 안배되어 있는 천명의 권능을 온전히 보전하기만을 바랄 뿐이었느니라.

너도 알다시피 천명의 권능이 혹여 사제 해진의 흉폭한 탐심에 의해 천의를 거스를 경우 세상은 도탄으로 가득 차게 될 것이니 그것을 막고자 어쩔 수 없이 천공불진을 서둘러 열어야 했던 스승의 결정을 원망하지 않기를 바란다.

이제 동하에게 스승으로서 남길 말을 전한다.

먼저 동하 네가 알아두어야 할 것은 너에게 열어준 천공불진의 진계(診界)는 세상에 모두 두 곳이 있느니라.

이곳 인왕산에 남겨진 진계는 너의 사조께서 스승에게 전해준 것이며 다른 한곳은 남쪽의 불사에 봉안되어 있다고 들었다.

하지만 스승은 그곳이 어딘지 알지 못한다.

행여 너에게 또 다른 하늘의 안배가 있다면 그곳과 이어질 운명일 것이나 그것에 연연하지 말아야 할 것이다.

다음에 전할 것은 너의 모친과 누이에게 전한 흉겁을 피할 길의 방향이다.

반드시 한수 남쪽의 곡(鵠)자를 지명으로 쓰는 곳으로 몸을 피한다면 흉겁의 운명을 모면할 것이라 하였다.

하여 너의 사숙 해인을 통해 너의 모친과 누이에게 전하였으니 행여 훗날 너에게 천운이 이어진다면 그곳에서 모친과 누이의 흔적을 찾을 수 있을 것이다.

끝으로 제자 동하에게 하늘이 안배한 천명의 권능이 천의를 거스르지 않고 행하여지기를 스승으로서 간곡히 부탁하노라.

부처님, 소승의 제자 김동하가 부디 강녕하기를 배려하소서.

갑자년 칠월 정심암에서 해원 서(書).]

서신을 읽는 김동하의 눈빛이 흔들리고 있었다.

그제야 왜 자신이 서둘러 천공불진을 통해 시공간의 결계를 열어야 했는지 알 수 있었다.

만약 그곳에 남아 있었다면 아버지의 하옥으로 혈육 모두가 미친 임금의 손에 죽어야 했을 수도 있었다.

더구나 당시에는 지금처럼 무량기의 기운이 강하지도 않았고 해진사숙의 방해로 천명의 기운이 소진된다면, 자신의 천명을 영락없이 해진사숙에게 넘겨야 했을지도 몰랐다.

다행한 것은 결코 다시는 만날 수 없다고 생각했던 어머니와 동생의 소식을 알 수 있었다는 것이었다.

또한 사부의 말대로 또 하나의 천공불진이 있다면 자신이 떠나왔던 곳으로 돌아갈 수도 있을지 모른다는 희망이 생겼다.

그때로 돌아간다면 두 번 다시 해진사숙을 피해서 도망을 치지도 않을 것이다.

오히려 그 사악한 해진사숙에게 복수를 할 수도 있다고 생각했다.

한편, 한서영은 김동하의 얼굴 표정이 달라지자 눈을 크게 뜨면서 물었다.

"왜 그래? 편지에 무슨 내용이 적혀 있는 거야?"

김동하가 한서영을 돌아보았다.

잠시 한서영의 얼굴을 바라보던 김동하가 입을 열었다.

"가족들과 스승님에 대한 소식과 천공불진을 서둘러 열어야 했던 이유가 적혀 있었습니다. 그리고……."

김동하는 한서영에게 또 다른 천공불진이 있다는 말은 해야 할지 망설였다.

하지만 이내 숨겨야 할 이유가 없다고 생각했다.

"그리고 이곳에도 또 하나의 천공불진의 진계가 남아 있다 하였습니다."

한서영의 눈이 커졌다.

"또 하나의 천공불진?"

김동하가 머리를 끄덕였다.

"예! 만약 그것을 찾게 된다면 제가 다시 514년 전으로 돌아갈 수 있을지도 모릅니다."

"뭐라고?"

한서영의 눈빛이 흔들렸다.

김동하가 돌아간다는 생각은 단 한순간도 해본 적이 없었다.

어쩌면 영원히 같이 살아야 한다는 생각이 자신도 모르게 마음속에 자리 잡고 있었던 것이다.

김동하에게 가족이 없다는 것을 누구보다 잘 알고 있는 한서영이었다.

"돌아간다고?"

김동하가 묵묵히 머리를 끄덕였다.

"만약 또 다른 천공불진을 찾게 된다면 돌아가야 하겠지요."

"……."

김동하가 떠날 수 있다는 것에 한서영은 자신의 마음 한쪽이 허전해지는 느낌이 들었다.

마치 자신에게서 가장 소중한 것이 떨어져 나간다는 느낌이었다.

김동하가 한서영의 얼굴 표정을 보며 물었다.

"그런데 왜 그러십니까?"

한서영의 얼굴에 처연한 표정이 떠오르자 김동하가 물었다.

한서영이 재빨리 얼굴의 표정을 바꾸었다.

"아, 아니야."

김동하가 물었다.

"근데 혹시 곡(鵠)자라는 글자의 지명을 가진 곳을 아십니까?"

"곡자……?"

한서영의 눈이 커졌다.

김동하가 약간 상기된 얼굴로 입을 열었다.

"예! 고니곡이라는 글자입니다. 혹시 그 이름을 지명으로 삼은 곳을 아십니까?"

한서영이 큰 눈을 껌벅였다.

대한민국에 '곡'자가 들어간 지명은 한두 곳이 아닐 것이었다.

하지만 '고니곡'이라는 글자의 지명을 사용하는 곳은 한서영도 들어본 적이 없었다.

계곡을 의미하는 '골곡(谷)'이라는 지명을 사용하는 곳은 수백 수천 곳이 넘을 것이지만, 고니의 곡자를 사용하는 곳은 처음으로 듣는 한서영이었다.

"고니의 곡을 지명으로 쓰는 곳?"

"예! 스승님께서 그곳에서 저의 어머님과 누이의 흔적을 찾으라 하였습니다."

"글쎄……."

한서영이 미간을 좁혔다.

잠시 생각하던 한서영이 재빨리 자신의 책방으로 들어갔다.

그리고 컴퓨터를 통해 곡자의 지명을 찾았다.

이내 곡자를 사용하는 지명이 딱 한곳이 있다는 것을 알아냈다.

한서영이 다시 거실로 나왔다.

"알아보니 곡자를 지명으로 쓰는 곳이 한 곳이 있어."

순간 김동하의 얼굴이 굳어졌다.

"그런 곳이 있습니까?"

한서영이 김동하를 보며 입을 열었다.

"곡도라고 하는 곳인데 지금의 백령도를 예전에는 곡도라고 불렀다고 해. 섬의 형상이 백조와 같은 모습이라고 해서 그렇게 불렀다는데……."

섬이라는 말에 김동하가 멈칫했다.

잠시 눈을 껌벅이던 김동하가 물었다.

"백령도의 위치가 한수의 아래쪽입니까?"

"한강말이니?"

"예!"

한서영이 머리를 흔들었다.

"아니야. 백령도는 거의 북한 쪽과 가까운 북쪽이야. 북한지역의 장산곶이라는 지역과 마주보는 섬인데……."

한서영의 말에 김동하의 미간이 좁혀졌다.

스승인 해원스님은 반드시 '한수 남쪽의 곡자 지명을 사용하는 곳'이라고 적어놓았다.

그런 상황에서 어머니가 동생 종희를 데리고 북쪽으로 몸을 피했을 리는 없을 것이라는 생각이 들었다.

하지만 그 외는 다른 지역이 없다는 말에 백령도를 그냥 무시할 수는 없었다.

김동하가 한서영을 바라보며 물었다.

"혹시 저랑 백령도를 한번 가보실 수 있습니까?"

김동하의 말에 한서영이 눈을 껌벅였다.

못갈 일도 없었다.

이미 근신이라는 징계를 받고 있는 중이었기에 시간은 남아돌았다.

한서영이 물었다.

"어머니와 동생의 흔적을 찾고 싶은 거니?"

김동하가 머리를 끄덕였다.

"스승님께서 전해주신 말로는 한수의 남쪽이라 하였지만 고니의 곡자를 쓰는 곳이 그곳뿐이라면 다녀오고 싶습니다."

한서영이 머리를 끄덕였다.

"그래. 내가 바쁜 상황이면 몰라도 지금은 시간도 많으니 문제가 될 것은 없겠지."

한서영이 너무나 쉽게 허락하자 김동하의 마음이 뛰었다.

김동하로서는 당장이라도 출발하고 싶은 생각이 들었다.

한서영이 김동하가 어머니와 동생의 흔적을 찾고 싶어하는 마음을 알고 있다는 듯이 생긋 웃었다.

"잠시만 기다려. 옷 좀 갈아입고 나올게."

오전 10시가 넘어가는 시간이었기에 서둘러 출발한다면 백령도로 출발하는 오후 배를 탈 시간은 충분했다.

한서영이 책방을 정리하다 말고 다시 자신의 방으로 들어갔다.

거실에서 한서영을 기다리는 김동하의 마음이 두근거리고 있었다.

안방으로 들어온 한서영은 간단하게 옷만 갈아입으려다 옷장 앞에서 멈칫하며 멈춰 섰다.

옷장 앞에 세워진 거울에 비친 자신의 모습이 한서영을 멈춰 서게 만들었다.

한서영은 화장을 잘 하지 않았다.

그저 세안을 하거나 목욕을 하면 얼굴에 간단한 로션 정도를 바르는 것으로 모든 치장을 끝냈다.

여동생 한유진이 화장을 하라고 안달을 부려도 환자를 진료할 의사가 굳이 화장을 해야 할 필요가 없다고 주장했다.

아름다운 여자의 얼굴이 환자를 고치는 것이 아니라 배우고 익힌 의학적 지식이 환자를 치료하는 것이라는 신념이 있었다.

그런 한서영이 거울 속에 비친 자신의 모습을 보며 한순간 어딘가 비워져 있다는 느낌을 받다.

화장을 할 줄 모르는 것은 아니었다.

다만, 화장을 하면 거의 모든 사람들의 시선을 끌 정도로 자신의 모습이 너무 튄다는 생각했던 것뿐이다.

대학 시절 간혹 화장을 하고 학교에 가면 거의 학교 전체가 술렁일 정도였다.

한서영이 화장을 하고 학교에 등교하면 그날 '의대 서영이가 화장하고 학교에 등교했다'는 소문이 학교 전체에 퍼져 나가는 것이었다.

그렇지 않아도 세영대학교 최고의 미인으로 인정받고 있던 한서영이었기에 그녀가 화장을 한 것만으로도 뉴스거리가 되었다.

그 때문에 한서영은 가능한 화장을 하지 않았다.

다른 사람들의 이목을 끄는 것이 싫었고 단순히 얼굴을 치장하는 것에 자신의 소중한 시간을 허비하는 것 같아서 아예 의도적으로 기피한 것이다.

물론 그 바탕에는 선천적으로 화장을 하지 않아도 사람들의 시선을 끌 정도로 아름다운 자신의 미모에 대한 자신감이 깔려 있기도 했다.

한서영이 잠시 거울을 보다가 앉아본지 오래된 자신의 화장대를 바라보았다.

언제 산 것인지 기억도 나지 않을 정도로 오래된 화장품이 자신의 화장대 위에 놓여 있었다.

자신이 산 것이 아니라 여동생인 한유진이 사놓은 것이지만 화장품이 있어도 사용할 생각이 없었던 한서영이었다.

잠시 화장대를 바라보던 한서영이 화장대로 걸음을 옮겼다.

그리고 예전에 의대 재학 시절 얼굴에 화장을 했던 것을 떠올리며 화장을 시작했다.

한서영은 김동하와 단둘이 어디론가 여행을 간다는 것에 자신의 마음이 두근거리는 것을 느꼈다.

8살이나 어린 남자와 단둘이 여행을 한다는 것이 한서영에게는 난생 처음으로 설레는 느낌까지 만들어 주고 있었다.

"미쳤어. 내가 왜 이러지?"

거울 속에서 변해가는 자신의 모습을 본 한서영이 눈을 천천히 깜박였다.

하지만 지금 와서 화장을 지우기는 싫었다.

색조화장까지 마친 한서영의 얼굴은 그야말로 지금까지 그녀를 알고 있던 사람이라면 다들 입을 쩍 벌릴 정도로 아름다웠다.

화장을 하지 않은 얼굴도 아름다웠지만 지금의 한서영은 다른 사람들의 눈에는 화보 속에서 튀어나온 여신의 모습처럼 아름다운 모습이었다.

화장을 마친 한서영이 옷을 갈아입기 위해서 옷장으로 향했다.

옷을 고르는 한서영의 미간이 좁혀졌다.

지금까지는 대충 편한 옷을 걸치고 병원으로 출근하는 것이 일상이었다.

하지만 김동하와의 외출 때문에 옷을 고르는 것에 신중해졌다.

한서영은 이런 자신의 모습이 조금 이상하다는 것을 느꼈다.

하지만 결국 한서영이 고른 옷은 푸른 바탕에 흰색의 무늬가 들어간 원피스였다.

시원해 보이는 옷이었고 한서영의 늘씬한 체형과 너무나 잘 어울렸다.

옷을 입고 나서 거울속의 모습을 확인한 한서영의 볼이 살짝 붉어지고 있었다.

한서영이 안방 문을 열고 거실로 나갔다.

거실에서 한서영이 나오기를 기다리던 김동하의 얼굴이 굳어졌다.

안방으로 옷을 갈아입으려고 들어갔던 한서영이 거실로 돌아오는 순간 한서영이 아닌 전혀 다른 여자가 나오는 것 같은 느낌을 받았기 때문이다.

"누, 누님?"

한서영이 굳은 김동하의 얼굴을 보며 미간을 찌푸렸다.

"왜…? 이상해?"

한서영은 김동하가 자신을 이상하게 생각하는 것 같아 화장한 것을 후회했다.

김동하가 머리를 흔들었다.

"그, 그게 아니라 너무 아름다워서……."

김동하는 지금까지 한서영이 아름답지 않다고 생각한 적

이 없었다.

다른 여인들과 비교를 해도 한서영은 그야말로 출중할 정도로 아름다운 여인이었다.

자신이 본 이 세상의 그 어떤 여인보다 아름다웠다.

자신의 여동생인 종희가 자신에게 말해주었던 좌찬성 서하진대감의 여식인 율현당의 자희라는 아가씨도 한서영과 비교할 수 없을 것이라고 생각했다.

그런 한서영이 지금은 예전과는 비교가 되지 않을 정도로 더 아름다운 모습으로 변해서 거실에 나타난 것이다.

한서영은 김동하가 자신을 아름답다고 하자 눈을 깜박이며 물었다.

"내가 아름답다고⋯⋯?"

김동하가 머리를 끄덕였다.

"예!"

"그럼⋯ 됐어."

한서영은 김동하가 자신을 아름답다고 하자 마음이 흡족해졌다.

소파에 올려놓은 자신의 핸드백을 어깨에 걸친 한서영이 김동하를 보며 입을 열었다.

"가자."

김동하가 머리를 끄덕였다.

"예!"

이내 두 사람이 백령도로 가기 위해서 집을 나섰다.

하지만 한서영은 한 가지 사실을 간과하고 말았다.

백령도는 하루만에 나올 수 없다는 것을 잊은 것이다.

김동하의 어머니와 누이의 흔적을 찾기 위해서는 백령도에 잠시라도 머물러야 할 것이었고, 그럴 경우 다시 나올 배편이 끊어지게 된다는 생각하지 못한 것이다.

한서영으로서도 백령도는 초행이었다.

단순히 김동하가 어머니와 여동생의 흔적을 찾는 것을 돕기 위해서 나선 것이었다.

한서영으로서는 태어난 이후 처음으로 외간남자와 하룻밤을 지새울 수도 있다는 것은 꿈에도 생각하지 못했다.

지하 주차장으로 내려온 두 사람은 한서영이 주차해놓은 차에 올라탔다.

한서영의 표정이 상기되었다.

병원으로 출근하기 위해서 집을 나서는 것이 아니라 김동하와 동행하여 낯선 곳으로 여행을 떠난다는 게 설다. 집을 떠나는 한서영에게 묘한 기대감이 생겼다.

부우우우웅─

차가 부드럽게 아파트의 지하 주차장을 빠져 나갔다.

조수석에 앉은 김동하는 이제 스스로 안전벨트를 맬 수 있었다.

하지만 어쩐지 자신이 안전벨트를 매는 방법을 여전히 몰랐다면 좋았을 것이라는 생각이 얼핏 들었다.

김동하는 살짝 붉어진 얼굴로 운전을 하는 한서영을 바라보았다.

　그의 코끝으로 너무나 향기로운 한서영의 체향이 흘러들었다. 그것은 마치 달큰한 도화향 같았다.

곡도여행(鵠島旅行)
—백령도(白翎島)

　백령도로 향하는 배를 타기 위해서 인천의 연안부두에 도착한 시간은 오전 11시 50분이 막 지나서였다.

　인근의 주차장에 차를 주차한 한서영과 김동하가 백령도로 향하는 배의 승선권을 사기 위해서 연안부두의 안으로 들어섰다.

　김동하는 처음 보는 낯선 풍경에 주변을 두리번거리고 있었다.

　서울과는 또 다른 느낌의 연안부두 풍경이었다.

　짙은 제복차림에 가슴에는 붉은색의 명찰을 단 건장한 사내들이 까맣게 그을린 얼굴로 주변을 왕래하고 있었다.

"야! 저기 봐."

연안부두의 대합실에서 한서영과 김동하를 본 사람들이 놀란 얼굴로 두 사람을 바라보았다.

화장을 한 한서영의 모습과 그녀의 옆에서 걷고 있는 김동하의 너무나 준수한 모습은 단번에 사람들의 이목을 집중시켰다.

"와! 저 여자 누구야?"

"휘유~ 저런 미인은 처음 봐."

"영화배우인가?"

"남자도 잘 생겼어."

주변에서 술렁이는 소리를 들은 한서영의 얼굴이 조금 붉어져 있었다.

한서영은 괜히 화장을 했다고 자책하고 있었다.

대학 시절에 들었던 소리를 이곳 연안부두에서도 또 듣게 되자 민망해진 것이다.

그러나 김동하는 그런 술렁임에 신경 쓰지 않는 듯 주변을 호기심에 찬 눈으로 두리번거리고 있을 뿐이었다.

"서영 누님! 저기 이상한 복장을 한 사람들은 누구입니까?"

한서영이 김동하가 가리키는 사람을 바라보았다.

해병대의 군복을 입은 군인들이었다.

한서영이 대답했다.

"군인들이야."

"군인들이라고요?"

김동하는 자신이 살던 시대와는 너무나 다른 군인들의 모습을 보며 놀란 표정을 지었다.

김동하의 기억 속에 한양도성을 지키는 경기감영이나 포청의 군관들과 군졸들은 칼이나 창을 들고 관청주변을 순찰하는 모습으로 각인되어 있었다.

하지만 지금은 전혀 그런 모습과는 달랐다.

김동하가 백령도로 복귀하기 위해서 배를 기다리고 있는 해병들을 호기심에 가득 찬 시선으로 바라보고 있었다.

해병들은 한서영과 동행하는 김동하를 부러워하는 시선으로 힐끗거렸다.

군인의 신분으로 한서영과 같은 아름다운 여인과 함께하는 김동하가 부러운 것은 너무나 당연했다.

여인의 화장품 냄새만 맡아도 자신이 군인 신분이라는 것을 통탄하는 군인들이다.

그런 군인들에게 한서영은 그야말로 꿈에서라도 한번 만나고 싶은 너무나 아름다운 여인이었다.

한서영은 김동하를 데리고 백령도 행 여객선의 표를 사기 위해서 매표소로 향했다.

한순간 한서영의 얼굴이 굳어졌다.

김동하가 배를 탈 수 없다는 것을 그제야 알아차린 것이다.

백령도 행 배를 타기 위해서는 반드시 분을 증명하는 신분증이 있어야 했다.

하지만 김동하에게 신분증이 없다는 것을 그제야 깨달은 것이다.

한서영이 김동하를 바라보았다.

"우리 백령도에 갈 수 없을 것 같은데······."

김동하가 눈을 껌벅이며 물었다.

"왜요?"

"네가 신분증이 없잖아."

"신분증?"

"과거에는 호패라고 불렀을 거야. 자신이 누군지 증명하는 증서가 있어야 배를 탈 수 있어. 그런데 이곳에서는 전혀 너 자신을 증명해줄 것이 없잖아."

한서영의 말에 김동하가 잠시 눈을 깜박이다가 입을 열었다.

"그럼 저는 몰래 타도록 하겠습니다."

"몰래 탄다고?"

"예!"

김동하가 머리를 끄덕였다.

"예! 비등연공을 펼치면 다른 사람의 눈에 띄지 않고 누님을 따라 배를 탈 수가 있을 것입니다."

한서영의 눈이 깜박였다.

자신을 안고 하늘을 날아오르던 김동하의 능력이라면 몰래 배에 타는 것은 어렵지 않을 수도 있다.

하지만 만약 배에 탑승한 인원을 세밀하게 조사한다면 김동하의 탑승이 발각될 수도 있다.

배 안이라면 몸을 숨기는 것도 한계가 있을 것이고 그럴 경우 김동하의 신분이 드러날 것이다.

만약 배 안에서 승선자 숫자를 세밀하게 확인하지 않는다면 김동하가 백령도를 방문하는 것은 어렵지 않을 것이지만, 그것을 미리 예측할 수는 없었다.

한서영의 눈이 깜박였다.

잠시 머뭇거리던 한서영이 김동하를 바라보며 입을 열었다.

"일단 배에 몰래 타는 것은 어찌 한다고 하지만 타고 나서 어떻게 될 지 불안해."

김동하가 고개를 저었다.

"누님만 배에 타시면 저는 알아서 누님의 옆으로 가도록 하겠습니다."

한서영이 고민하다가 고개를 끄덕였다.

"어쩔 수 없는 일이지."

한서영은 김동하가 어머니와 누이의 흔적을 찾는 것에 실망감을 안겨주긴 싫었다.

또한 김동하와의 오붓한 여행을 이런 식으로 망치고 싶은 생각이 없었다.

결국 한서영 혼자만 표를 구하기로 결정했다.

*본문에서 묘사하는 백령도 행 여객선의 보안 규정 및 탑승권에 관한 내용과 승선 후의 설정은 소설의 내용 전개상 사실과 다르게 임의로 설정된 것입니다.

 길었던 줄이 빠르게 줄어들며 한서영의 차례가 되었다.

 한서영의 뒤로 제법 긴 줄이 늘어져 있었다.

 하지만 한서영은 뒤쪽으로 고개를 돌리지도 않았다.

 그러나 한서영의 뒤쪽으로 늘어선 사람들은 앞쪽에 서 있는 한서영의 너무나 아름다운 미모에 이미 수군거리고 있었다.

 한서영으로서는 자신을 상대로 누군가 수군거리고 있을 것이라곤 미처 생각하지 못했다.

 매표창구의 앞에 선 한서영의 눈이 커졌다.

 일이 잘못될 경우 김동하 없이 자신 혼자만 백령도에 다녀올 수 있을 것이라는 생각만 했다.

 그러나 시간표를 보고 처음으로 뭔가 잘못되었다는 것을 느꼈다.

 인천 연안부두를 출발하는 배는 1시간 후인 오후 1시였다.

 하지만 백령도에서 돌아오는 배는 내일 오전이 되어야 가능하다는 것을 그제야 확인한 것이다.

 한서영의 눈빛이 흔들렸다.

 만약 김동하와 함께 백령도를 가게 된다면 오늘은 돌아

오지 못하고 내일 오후에나 돌아올 수 있을 것이다.

어차피 백령도를 가게 된다면 김동하의 어머니와 누이동생의 흔적을 찾기 위해서 어느 정도의 시간이 필요했기에 난감해진 상황이었다.

그냥 단순하게 섬에 갔다가 돌아올 것이라고 생각한 자신이 한심했다.

준비한 것도 아무것도 없었다.

하다못해 갈아 신을 양말 하나 없는, 그야말로 맨몸으로 떠난 여행이었다.

잠시 망설이던 한서영이 고개를 돌려 김동하를 바라보았다.

김동하는 여객선 대합실의 풍경을 살피며 주변을 다니는 사람들을 바라보고 있었다.

그때였다.

"아유~ 보면 볼수록 예쁘네? 어떻게 색시가 이렇게 예쁘게 생겼대요? 어디 백령도 가능거유?"

"뉘집 딸인지 모르겠지만 참말로 예쁜 딸을 낳았구먼 그래, 허허."

뒤에서 누군가 한서영을 바라보며 말을 건네고 있었다.

한서영의 눈이 뒤쪽으로 향했다.

매표 차례를 기다리는 듯한 머리가 하얗게 센 늙은 할머니와 할아버지가 한서영을 바라보고 있었다.

두 노인이 한서영의 아름다운 얼굴을 바라보며 미소를

머금었다.

노인의 뒤쪽으로 늘어선 여행객들도 한서영을 바라보았다.

한서영이 김동하를 향해 얼굴을 돌리자 그제야 한서영의 얼굴을 똑바로 볼 수가 있었다.

"와! 진짜 예쁘네."

"저런 여자는 이슬같은 걸 먹고 살 거야. 화장실도 안 가고 코도 안 흘릴 걸?"

"손이나 한번 잡아봤으면 좋겠다. 젠장!"

"난 우리 해옥이를 낳아주신 장모님이 원망스러워. 딸을 낳아주시려면 저런 여자만큼 예쁘게 낳아주실 것이지."

뒤에서 수근거리는 소리가 그제야 한서영의 귀에 들어왔다.

한서영의 눈에 놀란 표정이 떠올랐다.

"감사합니다……."

한서영이 살짝 얼굴을 붉히며 대답하며 고개를 돌렸다.

한서영은 어제의 황실옥에서 벌어진 사건 이후 절대로 낯선 사람과는 대화를 하지 않기로 결심했다.

하지만 자신에게 말을 걸어온 사람은 낯선 사람이긴 하지만 나이가 많은 노인들이었다.

노인들의 뒤쪽에서 한서영을 바라보고 있는 사람들도 한서영의 아름다운 얼굴을 보며 저마다 탄성을 흘리고 있었다.

그것이 한서영을 당황하게 만들었다.

더구나 승선권을 구매하기 위해서 멀찌감치 떨어져 차례를 기다리고 있는 것으로 보이는 해병복장의 군인들은 한서영의 얼굴을 연신 훔쳐보고 있는 중이었다.

한서영이 몸을 돌리며 재빨리 승선권을 구매했다.

"백령도 1장이요."

매표창구의 여직원이 한서영의 아름다운 얼굴을 보며 놀란 표정을 지었다가 이내 빠르게 승선권을 발급했다.

표를 구한 한서영이 빠져나가자 사람들이 한서영을 바라보았다.

마치 표를 사야 한다는 것을 잊은 듯한 얼굴들이었다.

한서영이 표를 들고 김동하에게 돌아오자 여객선 대합실에 있던 사람들의 시선이 한서영의 움직임에 따라 시선을 돌렸다.

한서영으로서는 무척이나 난감한 상황이었다.

한서영이 김동하를 보며 입을 열었다.

"표를 구했어. 근데 정말 몰래 배에 오를 수 있는 거야?"

한서영은 행여 자신 혼자 백령도를 다녀오게 될지 걱정되었다.

김동하가 고개를 끄덕였다.

"물론입니다. 서영누님이 배에 타시면 곧장 뒤따라가겠습니다."

"그래……."

한서영은 그래도 마음이 불안했다.

하지만 이내 김동하와 백령도에 도착한 이후 하룻밤을 같은 공간에서 지새워야 한다는 것이 떠올랐다.

한서영이 힐끗 김동하를 바라보았다.

180cm가 넘는 듬직한 체구에 온몸이 근육으로 뭉쳐 있지만 얼굴엔 살짝 앳된 소년 같은 느낌이 남아 있었다.

한서영이 눈을 반짝거리면서 김동하의 얼굴을 빤히 바라보았다.

자신 혼자 사는 집에 같이 머물게 해주었던 사람이다.

외인이라는 생각 대신 가족이라는 생각을 머릿속에 품어야 한다고 생각했다.

그렇게 생각하자 마음이 편해졌다.

"배고프지?"

한서영이 김동하를 보며 물었다.

김동하가 대답 대신 눈을 껌벅이자 한서영이 김동하의 손을 잡고 끌었다.

자신과 김동하가 사람들의 관심을 끌고 있다는 것이 민망해진 한서영이 일부러 자리를 피하려는 행동이었다.

한서영이 김동하의 손을 잡고 대합실 내에 위치한 식당으로 향했다.

가락국수 정도만 먹을 수 있는 간편한 식당이었다.

하지만 그곳에서도 밥을 먹기가 부담스러울 정도로 많은 사람들의 시선을 끌었다.

한서영은 다시 한번 자신이 화장한 것을 후회했다.

오후 12시 50분.

사람들의 시선이 싫어서 잠시 대합실을 나와 연안여객 터미널 부근에서 해안풍경을 구경하고 돌아온 한서영과 김동하는 탑승객의 승선이 시작되었다는 것을 알았다.

한서영은 개찰구로 들어가기 전에 김동하의 손을 꼭 잡으면서 그의 얼굴을 바라보았다.

예쁜 한서영의 얼굴에 약간의 두려움과 수심에 찬 표정이 떠올랐다.

불안해하는 표정이었다.

한서영이 입을 열었다.

"꼭 배에 타야 해. 잘못하면 나 혼자 가야 하니까."

김동하가 빙긋 웃었다.

"걱정하지 마십시오. 꼭 누님의 곁으로 가겠습니다."

"알았어."

한서영이 김동하의 손을 놓기 싫은 듯 잠시 잡았다가 놓았다.

이내 한서영이 여객선의 개찰구 방향으로 걸음을 옮겼다.

몇 번이고 뒤를 돌아보는 한서영의 얼굴에는 마치 연인과 헤어지기를 싫어하는 여인의 애틋한 표정이 떠올라 있는 듯했다.

한서영이 개찰구 안쪽으로 사라지자 김동하는 좀 전에

한서영과 터미널 주변을 산책하며 살펴본 방향으로 걸음을 옮겼다.

이미 비등연공을 펼칠 자리까지 미리 눈으로 확인해 놓았기에 그의 걸음은 망설임이 없었다.

여객선 터미널을 나오면 좌측으로 여행객들이 타고 온 차들을 주차하는 주차장이 위치해 있었다.

상당히 넓은 곳이었고 그런 주차장의 한쪽에 간이건물이 하나 세워져 있었다.

경량 판넬로 조립한 건물로 그 건물안쪽에 청소도구나 그 외 필요한 잡자재 등을 보관하는 곳이었다.

그 뒤쪽은 비어 있었고 사람들의 시선도 끌지 않는 곳이었다.

김동하가 재빨리 그쪽으로 걸음을 옮겼다.

이내 김동하의 몸이 간이건물 뒤쪽으로 사라졌다.

개찰구를 통과한 한서영은 승선권 검사와 신분증 검사를 하고 물 위에 떠서 승객들이 탑승하고 있는 배를 볼 수가 있었다.

이층으로 이루어진 커다란 여객선은 외부에 난간이 없이 바로 선실의 내부로 입장하게 되어 있었다.

먼저 개찰구를 통과한 백령도행 여행객들이 선실로 들어서는 게 보였다.

한서영은 주변을 두리번거리다가 뒤쪽에서 탑승을 위해 걸음을 옮기는 사람들과 섞여서 어쩔 수 없이 선실로 들어

섰다.

백령도행 여객선의 선실은 일층과 이층으로 이루어져 있었다.

한서영은 김동하가 몰래 배에 타려면 2층의 난간으로 들어올 것이라고 생각했기에 이층으로 올라갔다.

자신의 좌석번호는 일층으로 찍혀 있었지만 여객선의 좌석이 제법 많이 남았기에 굳이 좌석번호를 고집할 이유는 없었다.

여객선의 일층에 위치한 매점의 뒤쪽으로 돌아 이층으로 올라온 한서영이 이층의 여객선 난간으로 나가는 문 쪽을 바라보았다.

그때였다.

한서영의 눈에 2층의 여객선 난간 쪽 출입문을 밀고 들어오는 김동하의 모습이 보였다.

한서영의 얼굴에 안도의 표정이 떠올랐다.

마치 오랜 시간동안 헤어진 연인을 다시 만나는 느낌을 실감한 것이다.

"동하야."

한서영이 자신도 모르게 손을 들고 김동하에게 향했다.

김동하가 웃으면서 한서영에게 다가왔다.

"서영누님!"

마침 이층의 객실에는 사람이 별로 없었기에 김동하가 한서영을 누님이라고 부르는 소리를 제대로 들은 사람은 없었다.

하지만 이내 사람들이 이층으로 올라오기 시작했다.

한서영이 김동하를 데리고 일층으로 내려갔다.

이층으로 올라오던 사람들은 한서영과 김동하가 이층에서 내려오는 것을 보고 놀란 표정을 지었다.

한서영은 마치 어린아이의 손을 꼭 잡은 것처럼 김동하의 손을 놓지 않고 쥐었다.

일층으로 내려온 한서영은 자신의 승선권에 적힌 좌석으로 가지 않고 구석자리로 향했다.

좌석이 넉넉할 정도로 남았다는 것이 다행이었다.

비어 있는 자리를 차지하고 앉은 한서영이 김동하에게 물었다.

"어떻게 탄 거야?"

김동하가 하늘을 손으로 가리켰다.

"비등연공을 최고로 펼치면 어느 정도 상승할 수 있는지 확인했습니다."

한서영의 눈이 커졌다.

근 50m가 넘는 세영대학병원의 본관병동의 옥상까지 단숨에 날아올랐던 것을 기억하고 있는 한서영이었다.

"얼마나 올라갔어?"

김동하가 웃으면서 대답했다.

"연이 오를 수 있는 곳까지 올라갔습니다. 누님이 이 기묘하게 생긴 배에 타는 것도 보았지요."

순간 한서영이 눈을 깜박이며 김동하를 바라보았다.

자신의 눈에는 보이지 않았던 곳에서 김동하가 자신을 지켜보았다는 것이 고맙게 느껴졌다.

그리고 연이 오를 수 있는 곳까지라면 아마 사람의 눈으로 확인이 불가능할 정도로 까마득한 곳까지 올랐을 것이라는 생각이 들었다.

그야말로 알면 알수록 김동하가 가진 능력이 놀라울 뿐이었다.

한서영이 안도의 표정을 지으며 말했다.

"그래."

"숨어서 들어올 수 있는 곳은 한곳뿐이었습니다. 다행히 누군가 그곳에 서 있다가 들어가는 것을 보고 그쪽으로 들어온 것입니다."

아마 여객선의 선원이 이층의 난간으로 나갔던 것을 김동하가 발견한 모양이었다.

여객선 내부에서 출항을 알리는 멘트가 흘러나왔다.

잠시 후 배가 움직이기 시작했다.

김동하는 과거에는 상상도 하지 못했던 엄청난 크기의 배가 너무나 부드럽게 움직이는 것을 보며 놀란 표정을 지었다.

인천에서 백령도까지는 4시간이 걸리는 먼 거리였다.

배가 움직이기 시작하자 매점 앞에 사람들이 몰려들기 시작했다.

한서영과 김동하가 앉아 있는 곳은 매점과 약간 떨어진 곳이었기에 주변의 북적거림을 그다지 느끼지 못하고 있었다.

그때였다.

"아이고, 금실이 좋기도 해라. 손을 꼭 잡고 놓지를 않네? 호호."

아까 대합실의 매표소에서 한서영에게 예쁘다고 말해주던 할머니였다.

할머니의 표정은 무척이나 부드러웠다.

한서영이 얼굴을 붉혔다.

금실이 좋다고 하는 말이 어떤 뜻인지 잘 알고 있는 한서영이다.

그때 할머니의 뒤쪽으로 무언가를 들고 할아버지가 다가왔다.

할아버지의 손에는 매점에서 산 것으로 보이는 양갱과 음료수가 들려 있었다.

"할망구가 어딜 갔나 했더니 여기 있었구먼. 허허."

할아버지가 할머니의 옆에 앉으면서 입을 열었다.

"우리 할망구가 젊은 부부들만 보면 출가한 딸이 생각나는 모양이오. 허허허."

한서영이 머리를 숙였다.

"아! 네."

할머니와 할아버지는 한서영과 김동하를 부부로 생각하

는 모양이었다.

하긴 나란히 앉은 채 손을 꼭 잡고 다정한 얼굴로 서로를 마주 보고 있으니 당연히 부부나 사랑하는 연인쯤으로 생각할 것이다.

할아버지가 입을 열었다.

"확실히 이렇게 가까이서 보니까 색시가 진짜 예쁘네."

할머니가 피식 웃었다.

"신랑도 색시만큼 잘생겼다니까요."

"허허 그래."

할아버지가 머리를 끄덕였다.

두 노인의 말에 한서영과 김동하의 얼굴이 벌겋게 달아오르고 있었다.

할아버지가 할머니에게 양갱을 건네주며 입을 열었다.

"우리 할망구는 배만 타면 꼭 나한테 양갱을 사달라고 하거든. 예전에 나한테 시집올 때 섬으로 들어가던 배에서 내가 양갱을 사주었던 것을 지금까지 잊지 않고 기억하고 있는 모양이오."

할아버지의 말에 한서영이 할머니를 바라보았다.

얼굴에 세월의 흔적인 주름이 가득했지만 행복한 표정을 짓고 있는 할머니의 얼굴은 밝아보였다.

할머니가 웃으면서 입을 열었다.

"영감이 나한테 처음으로 사준 거니까 잊을 수가 없지. 근데 맛은 예전처럼 그렇게 달콤하진 않다오. 호호."

할머니가 수줍게 웃었다.

한서영과 김동하의 입가에도 미소가 떠올랐다.

배가 출발하자 비어 있는 좌석 중에서 편한 곳을 골라 옮겨 앉는 사람들이 늘어났다.

한서영이 염려했던 탑승객의 숫자를 조사하거나 무임탑승자를 색출하는 듯한 검색은 없었다.

다만 배가 움직이는 동안 배의 외부로 나가는 것은 엄격하게 금지가 되어 있다는 것은 알 수가 있었다.

할머니가 양갱의 껍질을 까며 입을 열었다.

"근데 두 사람은 백령도에 여행을 가는 거유? 아니면 부대에 면회를 가는 거유?"

백령도를 방문하는 사람들은 단순한 여행객이거나 해병대에서 근무하는 군인을 면회하려는 가족들이 찾아가는 경우가 전부라고 할 수 있었다.

한서영이 대답했다.

"네, 여행도 할 겸 뭘 좀 알아보려고 가는 거예요."

할아버지가 물었다.

"뭘 알아보려고 가는 것이오? 섬 구경이야 할 만한 곳이지만 살 곳은 못 될 턴디."

한서영이 대답 대신 부드럽게 웃었다.

할머니가 한서영과 김동하를 보며 입을 열었다.

"섬 구경하다가 배가 고프면 우리 가게로 와요. 내 맛있는 해물로 한상 푸짐하게 차려 줄 테니까 말이우."

한서영이 눈을 깜박였다.

할아버지가 웃으면서 입을 열었다.

"배에서 내리면 선착장 근방에 갈도식당이라고 간판이 붙어 있어요. 우리 할망구가 생기긴 저래도 손맛 하나만큼은 백령도 제일이지. 난 우리 할망구가 만든 음식이 아니면 먹질 못한다오. 허허허."

늙은 부부는 무척이나 다정한 모습으로 수다를 떨었다.

인천 연안부두를 출발한 여객선의 속도가 영종대교를 넘어서면서 빨라졌다.

김동하와 한서영은 호의적인 노부부의 수다를 부드러운 미소로 받아 넘기며 빠르게 스쳐가는 서해의 풍경을 바라보았다.

연안부두를 출발한 배가 백령도에 도착한 것은 출발한지 4시간이 지난 후였다.

오후의 햇살은 대한민국의 최북단 섬 위에 따갑게 쏟아지고 있었다.

오후 5시가 넘어가는 시간이었지만 뜨거운 열기는 식지 않았다.

한서영은 처음으로 맞는 낯선 곳으로의 여행에 살짝 설레는 느낌을 만끽하고 있었다.

지금까지 살아오면서 개인적인 여행은 단 한 번도 해 보지 않았던 한서영이었다.

여객선이 백령도의 용기포항에 들어서차 미리 하선을 준

비하던 군인들이 자리에서 일어섰다.

군인들은 여객선의 일층선실 뒤쪽에서 김동하와 함께 앉아 있는 한서영의 모습을 흘깃거리며 훔쳐보는 것을 잊지 않았다.

꿈에서라도 한 번쯤 손이라도 잡아 보고 싶은 욕심을 부릴 만큼 한서영의 모습은 너무나 아름다웠기 때문이다.

군인들이 한서영과 다정하게 앉아 있는 김동하를 질투에 찬 시선으로 바라보다 이내 포기한 듯 여객선이 접안하기를 기다렸다.

이윽고 선박이 접안하고 승객의 하선이 시작되자 다시 김동하가 한서영을 바라보았다.

"저는 미리 나가서 누님을 기다리고 있겠습니다."

한서영이 머리를 끄덕였다.

"알았어."

하선할 때에도 검문이 있을 것을 염려한 것이었다.

김동하가 분주하게 하선준비를 하는 승객들의 틈을 비집고 이층으로 올라갔다.

한서영은 하선을 준비하는 승객들의 틈사이로 빠져나가 이층으로 올라가는 김동하의 뒷모습을 물끄러미 바라보다가 자리에서 일어섰다.

노부부는 이미 저만큼 멀리 하선하는 승객들의 틈에 끼어서 하선을 준비하는 모습이었다.

한서영도 승객의 뒤를 따라 하선하기 위해서 차례를 기

다렸다.

곧 한서영이 베에서 내리자 무더운 열기가 그녀의 피부로 느껴지기 시작했다.

잠시 주변을 바라보던 한서영이 여객선에서 하선해서 선착장으로 빠져나왔다.

선착장의 앞쪽에서 하선하는 승객들의 신분증을 검사하는 모습이 보였다.

군인들과 경찰들이 합동으로 검문을 했기에 한서영은 김동하가 몰래 배에서 내린 것이 현명했다는 생각이 들었다.

백령도 입도 차례를 기다리던 한서영이 경찰 앞에 섰다.

"신분증을 제시……."

말을 하던 경찰관의 얼굴이 굳어졌다.

눈앞에 서 있는 한서영의 얼굴을 보는 순간 자신도 모르게 가슴이 뛰는 것을 느낀 것이다.

경찰관은 자신도 모르게 한서영의 신분증을 보지도 않고 길을 열어주었다.

한서영의 너무나 아름다운 미모에 신분증을 확인하는 것조차 잊었을 정도로 놀란 경찰관이었다.

하지만 이내 혀를 찼다.

"쯧! 이름이라도 알아둘 것을."

경찰관의 검문을 통과해서 출구로 나온 한서영은 선착장 한쪽에 서서 자신을 바라보고 있는 김동하를 볼 수 있었다.

김동하가 자신을 보며 손을 들어올려 흔들고 있었다.

한서영이 머리를 살짝 흔들었다.

자신이 김동하 같은 능력이 있었다면 세상 어느 곳이든 마음대로 돌아다닐 수 있을 것이라는 생각이 들었다.

김동하는 자신을 발견한 한서영이 다가오자 빙그레 웃었다.

순간 한서영의 가슴이 살짝 두근거렸다.

하지만 이내 얼굴표정을 바꾸면서 김동하를 향해 빠르게 발걸음을 옮겼다.

한서영의 얼굴이 살짝 달아올라 두 볼에 발그레한 홍조가 떠올랐다.

한여름의 무더운 열기 때문일 것이라고 스스로 자문자답했지만 그것이 아니라는 것을 한서영은 알고 있었다.

김동하가 웃는 모습을 보면 언제부터인가 두근거리기 시작한 것이 행여 김동하에게 들킬 것 같아 마음이 급해진 한서영이었다.

한서영이 김동하의 팔을 잡으며 입을 열었다.

"덥지?"

김동하가 한서영을 내려다보았다.

"더우십니까?"

한서영이 김동하를 바라보며 대답했다.

"그럼 안 더워?"

오후 5시가 넘어가는 시간임에도 한여름의 뜨거운 열기

는 여전했다.

비록 바닷바람이 불어오고 있었지만 한여름의 후덥지근한 열기를 그대로 품고 있는 해풍이었다.

김동하가 한서영의 손을 잡았다.

그리고 무량기를 살짝 움직였다.

순간 한서영의 얼굴이 딱딱하게 굳어졌다.

김동하가 잡은 자신의 손에서부터 온몸을 쾌적하게 만들어주는 시원한 냉기가 흘러들어오고 있었기 때문이다.

"어?"

한서영이 눈을 크게 뜨며 김동하를 바라보았다.

김동하가 웃으면서 입을 열었다.

"무량기의 기운 속에는 한서불침의 효능이 들어 있습니다."

"한서불침? 그게 뭔데?"

"뜨거운 것과 찬 기운을 밀어내어 몸에 범접하지 못하게 하는 효능이지요. 그 때문에 저는 더운 것과 찬 것을 마음대로 제어할 수가 있습니다."

김동하의 말에 한서영의 입이 살짝 벌어졌다.

"세상에……"

한서영은 김동하의 능력을 알면 알수록 놀랍기만 했다.

김동하의 손에서 들어오는 시원한 냉기는 한순간에 한서영의 몸에서 느껴지던 열기를 모조리 밀어냈다.

한서영은 너무나 쾌적한 느낌에 김동하의 손을 놓고 싶

은 생각마저 사라질 정도였다.

김동하의 손에서 밀려들어오는 무량기는 그야말로 끝이 없이 이어졌다.

한서영은 몸이 뽀송뽀송 해지는 느낌이 들었다.

마치 샤워를 막 마치고 깨끗한 새 옷으로 갈아입은 느낌이 들 정도로 쾌적한 느낌이었기에 한동안 한서영은 김동하의 손을 놓을 수가 없었다.

그때 선착장의 앞으로 버스와 작은 승용차를 비롯해 군용차들이 하선하는 승객들을 태우기 위해 주차했다.

면적이 46.3㎢나 되는 넓은 섬이었기에 걸어서는 백령도를 다 돌아볼 수가 없었다.

김동하는 한서영의 손에 무량기의 기운을 넣어주면서 주변을 둘러보았다.

만약 스승인 해원스님이 남겨준 곡(鵠)이라는 글자가 이 섬을 의미하는 것이라면 어떤 식으로든 어머니와 누이의 흔적이 남아 있을 것이라는 생각에 주변을 둘러보는 그의 눈빛이 깊어졌다.

"정확한 위치도 알지 못하고 무작정 찾아오긴 했지만 어디부터 가야 할지 난감한데… 그냥 차를 타고 안으로 들어가 볼까?"

김동하의 표정을 살피던 한서영이 물었다.

백령도가 생각보다 볼 것이 많은 섬이라고 알려줬던 노부부의 말이 머리에 떠오른 한서영이었다.

섬을 돌아다니다 보면 김동하의 어머님과 여동생이 남긴 흔적을 찾을 수도 있을지 모른다는 생각이 들었다.

김동하가 머리를 흔들었다.

"아닙니다. 만약 이곳이 스승님이 말한 곡자의 방향이 맞는다면 이곳 어딘가에 어머니와 동생의 흔적이 남겨져 있을 겁니다. 그리고 어머니와 동생이 여기서 머물렀다면 반드시 천명이 반응을 해 줄 것입니다."

김동하는 자신의 몸에 심어진 천명의 권능이 어머니와 여동생의 흔적을 만나면 반응할 것이라고 믿었다.

하지만 지금은 그의 몸에 심어진 천명의 권능이 아무런 반응도 하지 않고 있었다.

김동하가 중얼거렸다.

"한수 남쪽이라고 하신 스승님의 말대로 한수의 북쪽인 이곳은 아니었는가?"

김동하의 몸속에 깃든 천명의 권능은 마치 잠이든 듯 미동조차 하지 않았다.

한서영이 김동하의 손을 잡은 채 그를 보며 물었다.

"천명이 반응하지 않아?"

김동하가 머리를 끄덕였다.

"아직은 반응하지 않고 있습니다. 섬을 좀 돌아봐야 할 것 같네요. 스승님이 말씀하신 곡자의 섬이긴 하지만 한수 남쪽이 아니라 북쪽이어서 어쩌면 괜히 찾아온 것일 수도 있을 것 같습니다."

김동하의 담담한 김동하의 대답에 한서영이 머리를 끄덕였다.

백령도는 예전에는 유배지로 알려진 곳이었다.

뱃길이 험하고 풍랑이나 해무가 끼면 들어오지도 못하고 나가지도 못하는 곳이라고 알려진 섬이었다.

멀리 보이는 북한 영토인 장산곶과는 가까운 거리지만 갈 수 없는 외국의 땅과 같은 곳이다.

김동하가 한서영의 손을 잡고 내려다보며 입을 열었다.

"이곳을 돌아보는 동안 누님의 손을 놓지 않을 것이니 저의 행동을 무례하다고 하지 말아 주십시오."

한서영이 눈을 동그랗게 떴다.

"왜?"

김동하가 부드럽게 웃었다.

"무량기의 진력을 사용하여 돌아볼 것이니 손을 놓는다면 누님께서 힘들어 하실 수도 있을 것입니다."

"아!"

한서영의 입에서 탄성이 흘렀다.

만약 김동하가 한서영의 손을 놓고 섬을 돌아본다면 한서영으로서는 견뎌낼 체력이 없을 것은 당연했다.

한서영이 고개를 끄덕였다.

"알았어."

"그럼 저쪽으로 가보도록 하지요."

김동하가 가리키는 곳은 용기포항의 오른쪽에 위치한 용

기원산이었다.

136m의 높이밖에 되지 않으니 그다지 높은 곳이라고 할 수 없는 산이지만 그곳에 오르면 백령도의 전체를 살펴볼 수 있을 것이라는 생각이 들었기 때문이다.

김동하가 한서영의 손을 잡고 걸음을 옮겼다.

선착장의 주변으로 음식점과 가게들이 늘어서 있었다.

김동하와 다정하게 손을 잡고 걸음을 옮기는 한서영을 바라보는 백령도 주민들과 여행객들의 시선이 두 사람에게서 떨어지지 않았다.

한서영은 사람들의 시선이 따가웠지만 김동하에게 잡힌 손을 빼진 않았다.

막 그들이 선착장 끝에 도착했을 때 간판 하나가 한서영의 눈에 들어왔다.

갈도식당.

배에서 만난 노부부가 알려준 식당이었다.

약간은 낡아 보이는 2층짜리 콘크리트 건물이었고 입구의 문에는 식당과 민박이라는 글자가 큼직하게 적혀 있었다.

"저기네?"

"예?"

한서영의 말에 김동하가 눈을 껌벅거렸다.

한서영이 손가락으로 갈도식당을 가리켰다.

"아까 배에서 만난 할아버지와 할머니가 운영한다고 하

신 식당이야. 나중에 저기서 밥을 먹으면 될 것 같네. 민박을 한다니 오늘밤을 새우는 것도 저기에 부탁하면 될 것 같고."

김동하가 눈을 동그랗게 떴다.

"밤을 새운다고 하셨습니까?"

한서영이 대답했다.

"오늘은 더 이상 배가 없어서 섬에서 나가지 못해. 내일 날이 밝아야 서울로 돌아갈 수 있어."

김동하의 얼굴이 굳어졌다.

그것까지는 생각해 보지 않았던 김동하였다.

자신 혼자라면 아무래도 상관이 없었지만 한서영과 함께라면 문제가 다르다.

김동하가 한서영을 바라보며 물었다.

"불편하지 않으시겠습니까? 미리 말씀을 하셨다면 저혼자라도 이 섬을 살펴볼 수 있었을 것입니다."

한서영이 방법만 알려주었다면 어떻게든 혼자서 이곳을 찾아왔을 김동하였다.

하지만 오늘은 돌아갈 수 없다는 것을 알면서도 한서영이 자신을 이곳으로 데려왔다는 것이 미안해지는 김동하였다.

김동하의 얼굴에는 한서영을 염려하는 표정이 가득했다.

한서영이 웃었다.

"다른 사람도 아닌 동하의 어머니와 동생의 흔적을 찾는 것이잖아. 어떻게든 돕겠다는 생각만 했는데 나도 하룻밤을 이곳에서 머물게 될 것이라곤 생각하지 못했어. 배를 타기 전에야 알았거든."

"죄송합니다. 저 때문에……."

"호호 내가 이런 기회가 아니라면 언제 남자랑 바깥에서 잠을 자 보겠어?"

살짝 눈을 흘기며 웃는 한서영의 모습이 너무나 예쁘다는 생각이 들어서 김동하가 얼굴을 붉히며 머리를 돌렸다.

한서영이 웃으면서 물었다.

"호호 혹시 너 나한테 엉큼한 생각을 품은 거니?"

김동하가 정색을 했다.

"아닙니다. 저를 어찌 보시고……."

결국 한서영의 말 때문에 김동하의 얼굴이 새빨갛게 달아올라 있었다.

하지만 김동하의 말은 틀리지 않았다.

처음엔 서로가 어디에도 털어놓을 수 없을 정도로 민망한 모습으로 만났지만 김동하는 한서영의 몸에 손을 대는 것조차 어려워할 정도였다.

그런 김동하가 엉큼한 생각을 할 리 없을 것이라는 것은 한서영도 알고 있었다.

한서영이 한손으로 자신의 입을 막고 깔깔 웃었다.

"호호호호 걱정하지 마. 네가 그럴 사람이 아니라는 것은 알고 있으니까."

밝게 웃는 한서영의 말에 김동하가 짧게 한숨을 불어냈다.

두 사람이 웃으면서 용기원산의 방향으로 걸음을 옮겼다.

백령도는 민간인이 자유롭게 오를 수 있는 산은 용기원산 한곳밖에 없었다.

다른 산은 중턱부터 군부대의 작전지역이거나 군사시설이 설치되어 있었기에 민간인의 출입은 엄격히 통제되고 있었다.

용기원산의 정상은 백령도의 주변 풍광을 살필 수 있는 전망대가 위치한 곳이었다.

물론 이곳도 해가 지기 30분 전에 통제되어 날이 밝은 후 30분 이후에 다시 개방된다.

더구나 백령도의 모든 해변은 해가 지기 전에 통제되어 민간인은 출입을 할 수가 없는 곳이었다.

물론 지척에 북한이 위치하고 있었기에 군사시설을 통제하는 것이 당연했다.

용기원산의 정상에 오른 김동하와 한서영은 주변의 풍경을 돌아보았다.

김동하는 용기원산의 정상에서 자신의 천명을 개방해 보았지만 여전히 반응은 보이지 않았다.

멀리 백령도의 중심이라고 할 수 있는 진천리와 백령도

에서 풍광이 제일 좋은 위치로 알려진 심청각의 모습이 보였지만 김동하는 그 어디에도 어머니와 여동생의 흔적을 느낄 수가 없었다.

514년이라는 긴 세월이 지났기에 그 흔적이 사라졌을지 모른다는 생각이 들었지만 적어도 실낱같은 흔적이라도 남아 있었다면 천명이 반응을 했을 것이라고 생각했다.

한서영은 김동하의 손을 잡고 용기원산의 꼭대기에 올랐지만 전혀 힘든 느낌이 들지 않았다.

정상에 도착할 때까지 김동하가 자신의 몸에 무량기를 전해주고 있었기 때문임을 이미 알고 있었다.

자신을 안고 세영대학병원의 본관 의료동을 날아올랐던 김동하였다.

그런 김동하에게 고작 136m의 높이에 불과한 용기원산을 한서영의 손을 잡고 함께 걸어서 오르는 것쯤은 너무나 쉬운 일일 것이었다.

"어때?"

주변을 살펴보는 김동하의 얼굴이 조금 굳어 있는 것을 본 한서영이 물었다.

김동하가 머리를 흔들었다.

"느껴지지 않습니다."

한서영이 자신의 손을 잡은 김동하의 손을 꼭 쥐어 주며 입을 열었다.

"이곳이 아닌 남쪽에도 곡자의 이름을 지명으로 쓰는 곳이 있을 거야. 내가 함께 찾아줄 테니 너무 실망하진 마."

"알겠습니다."

김동하는 한서영의 실망하지 말라는 말에 대답을 하면서도 다른 한편으로는 허전한 마음을 느끼고 있었다.

스승인 해원스님이 남겨놓은 불진 속에서 겨우 어머니와 동생의 흔적을 발견했건만 이렇게 쉽게 포기할 생각은 없었다.

김동하는 오늘밤 한서영이 잠이 들면 섬을 홀로 돌아볼 생각을 했다.

자신 혼자라면 백령도 전체를 살피는 것은 한 시간도 걸리지 않을 것이라는 것을 알고 있었기 때문이다.

한서영이 원기원산의 전망대에서 멀리 바라보이는 육지를 손으로 가리켰다.

"저곳이 장산곶이라고 불리는 곳이야. 그 뒤쪽이 몽금포이고. 갈수 없는 곳이지."

한서영의 손길을 따라 김동하가 눈길을 돌렸다.

그때였다.

삐리리리리릿—

한서영의 핸드백 속에 넣어두었던 전화기가 울렸다.

한서영이 핸드백을 열기 위해 김동하의 손을 놓았다.

순간 한서영의 얼굴이 굳어졌다.

김동하가 손을 놓는 순간 자신의 몸에서 주변의 열기가 느껴지기 시작한 것이다.

한서영이 눈을 깜박였다.

지금까지 계속해서 김동하는 자신의 몸속에 끊임없이 무량기를 넣어주고 있었다는 것이 그제야 실감됐다.

배려가 지속되면 배려의 의미가 사라진다는 것을 저절로 실감하는 한서영이었다.

삐리리리리릿—

다시 벨소리가 울리자 재빨리 핸드백을 열어서 자신의 전화기를 꺼내어 들었다.

화면에 떠올라 있는 발신자의 이름을 확인하는 순간 한서영의 눈이 커졌다.

[엄마]

단 두 개의 글자가 화면에 떠올라 있었다.

한서영의 눈빛이 흔들렸다.

김동하도 한서영의 전화기 화면에 떠올라 있는 글자를 읽었다.

김동하의 표정도 굳어졌다.

"누님의 어머니십니까?"

한서영이 김동하를 보며 더듬거렸다.

"호, 혹시 유진이가 엄마한테 다 털어놓은 거 아닐까?"

만약 동생 한유진이 엄마에게 모든 것을 털어놓았다면 엄마의 성격상 가만히 있을 사람이 아니라는 것을 누구보다 잘 알고 있는 한서영이었다.

한서영이 잠시 망설이다가 전화를 받았다.

"여보세요?"

―너 어디야?

마치 고함을 치듯 들려오는 엄마의 목소리에 한서영이 눈을 질끈 감았다.

한서영은 본능적으로 동생 한유진이 엄마에게 김동하에 관한 것을 모두 털어놓았다는 것을 직감했다.

한서영은 머릿속이 아파오기 시작했다.

하지만 지금 엄마의 전화를 무작정 끊어 버린다면 어떤 일이 벌어지게 될 것인지 너무나 잘 알고 있다.

"엄마!"

―너 어디냐고? 이 계집애야. 여기 니 아파트야. 지금 당장 기어 들어와.

평소에는 자신을 공주처럼 대해주는 엄마였지만 지금 이 순간은 그야말로 마녀처럼 포악스럽게 느껴졌다.

한서영이 기어 들어가는 목소리로 대답했다.

"지금 좀 멀리 왔는데……."

―멀리? 거기가 어딘데? 엄마 지금 갈 테니 어딘지 말해. 아빠랑 유진이 지은이 강호까지 몽땅 와있으니까 흰소리하기만 해?

어머니의 목소리가 쩌렁 한서영의 귓가에 울렸다.

한서영의 얼굴이 찌푸려졌다.

자신도 모르게 한서영의 이마에 땀방울이 고였다.

한서영이 난감한 얼굴로 김동하를 올려다보았다.

김동하 역시 굳은 얼굴로 한서영을 마주보았다.

잔뜩 화가 난 듯한 한서영의 어머니 목소리가 전화기를 통해 김동하의 귀에도 들려오고 있었다.

김동하가 난감한 얼굴로 뒷머리를 긁었다.

한서영이 잠시 입술을 깨물며 무언가를 생각하다가 전화기를 통해 입을 열었다.

"여기 백령도야 엄마!"

―뭐?

한서영의 엄마 이은숙도 인천의 연안부두에서 출발하는 백령도는 배의 시간을 계산하지 못하면 함부로 갈수 없는 곳이라는 것을 알고 있었다.

―거기는 뭐 하러 갔어? 신혼여행 간 거냐?

이은숙의 고함소리가 다시 쩌렁하게 울렸다.

그때였다.

누군가 어머니의 전화기를 낚아채는 듯한 소리가 들린 후 이내 익숙한 목소리가 들려왔다.

―언니! 나야.

동생 한유진의 목소리였다.

한서영이 눈을 치켜떴다.

"너 엄마한테 뭐라고 했어?"

―그게 아니라 엄마에게 언니가 동하랑 함께 있다고만

했는데 엄마가 다짜고짜 언니 아파트로 달려온 거야.

한유진은 엄마에게 언니가 김동하라는 연하의 남자랑 함께 아파트에서 살고 있다고 이야기했을 것이다.

이은숙에게 내용은 그것이면 충분했다.

그렇지 않아도 의사 딸에게 부담을 주지 않기 위해서 혼자서 조용히 지낼 아파트를 내준 어려운 결정을 했던 이은숙이었다.

눈에 넣어도 아프지 않을 큰딸이었다.

병원일로 피곤해 할 딸을 위해 자주 아파트를 찾아오는 것조차 포기했던 엄마에게 남자랑 함께 살고 있다는 큰딸의 소식은 그야말로 청천벽력과 같은 일일 것이다.

한서영이 한숨을 내 쉬었다.

"아빠는?"

—아빠는 언니 소식 듣는 순간부터 아무 말씀도 하지 않으셔.

"알았어. 어차피 오늘은 가지 못하니까 내일 집에 갈게."

한서영의 말에 잠시 말이 끊어졌다.

이내 한유진의 말이 들려왔다.

"백령도는 왜 갔는지 아빠가 물어보래."

한서영이 대답했다.

—동하 가족의 흔적을 찾았어. 그 때문에 백령도에 온 거야. 알다시피 배편이 없어서 오늘은 돌아가지도 못하고 여기서 지내야 해.

214

"동하 가족?"

—그래.

"알았어. 그리고 엄마가 동하 꼭 데려와야 한다고 했어. 안 데려오면 언니 머리끄댕이 다 뽑아 놓을 거래."

한서영이 피식 웃었다.

"데려갈 거니까 걱정하지 마."

말은 자신의 머리끄댕이 다 뽑아 놓을 것이라고 엄포를 놓지만 실제 자신과 마주 앉으면 손끝하나 대지 못하는 엄마라는 것을 너무나 잘 알고 있었다.

—알았어 언니! 그리고 엄마랑 아빠한테 동하가 어떤 사람인지 말해 주었는데 안 믿으셔. 그런 사람이 있다면 그건 사람이 아니라 귀신이라고 하셔. 언니가 귀신한테 홀린 거라고 하시는데 정말 억울해 죽겠어. 빨랑 동하 데려와.

"알았어."

딸칵.

한서영이 간단하게 대답하고 전화를 끊어버렸다.

김동하가 한서영을 물끄러미 바라보았다.

"누님의 부모님이 화가 많이 나신 듯하군요. 모든 게 제 불찰입니다. 그냥 누님을 다시 만난 것으로 만족하고 누님의 집을 떠났어야 했는데……."

한서영이 피식 웃었다.

"우리집 말고 갈 곳은 있어?"

"그게……."

"살아가려면 돈이 있어야 하는데 돈은 있어? 돈을 버는 재주는 있고?"

"⋯⋯."

"네가 가진 천명의 권능을 세상 모든 사람들이 다 알게 이곳저곳에서 쓰면서 죽은 사람 살려주고 그 보답을 받고 살아갈래?"

"⋯⋯."

"과거 네가 살던 시절이 아닌 이곳에서 너에게 지금 현재를 살아가는 방법을 가르쳐 줄 사람은 있니?"

김동하는 한서영의 말에 아무런 대답도 하지 못했다.

한서영이 김동하를 바라보며 입을 열었다.

"어차피 너와 내가 그 요상한 천공불진이라는 시공간의 벽을 통해 만났으니 그것도 하늘이 안배한 운명 중 하나일 거야. 너를 나에게 보낸 하늘의 안배가 이미 정해져 있었을 수도 있다는 말이야. 그러니 떠나니 마니 그런 소리 하지 마. 나도 지금은 동하를 보낼 생각이 없으니까."

김동하가 물었다.

"누님의 어머니와 아버님을 비롯해서 모든 가족들이 누님을 걱정하고 있지 않습니까?"

한서영이 김동하의 얼굴을 빤히 바라보며 입을 열었다.

"너 전에 나를 처음 만났을 때 나한테 한 말을 기억하니?"

"무슨⋯⋯."

"나를 책임진다고 했던 말 말이야."

한서영의 볼이 붉어져 있었다.

김동하가 한서영을 빤히 바라보며 대답했다.

"그것을 어찌 잊겠습니까?"

한서영이 입술을 잘근 깨물면서 입을 열었다.

"지금까지 살아오면서 어릴 적 엄마랑 함께 목욕을 하면서 보여준 것 외에는 그 누구에게도 단 한 번이라도 보여준 적이 없었던 내 몸이었어. 내 짐작대로라면 너 역시 그럴 것이고."

김동하가 눈을 껌벅이다가 머리를 숙였다.

"그렇습니다."

"그러니 넌 나를 책임지고 난 너를 책임지는 것으로 결론을 내리는 것이 좋겠어."

김동하가 잠시 눈살을 찌푸렸다.

한순간 한서영의 말이 이해가 되지 않은 것이다.

김동하가 입을 열었다.

"제가 누님을 책임지는 것은 당연한 일입니다만 누님이 저를 책임지신다는 것은……."

"엄마와 아빠 그리고 동생들을 이해시키는 것은 내 몫이야. 넌 네가 할 일만 해. 어머니와 동생의 흔적을 찾는 일에만 열중하라는 말이야."

한서영이 약간 정색을 한 얼굴로 말했다.

김동하가 잠시 한서영의 얼굴을 바라보다가 천천히 입을

열었다.

"저의 부모님은 514년 전의 분들이기에, 당장에 천공불진의 또 다른 진계(診界)를 찾아 부모님께 돌아간다면 저의 부모님의 허락을 구할 수 있을 것이나 불진이 어디에 있는지 알지 못하는 지금은 그러지 못합니다. 하여 누님이 저를 믿어 주신다면 제가 누님의 부모님들께 용서를 구하겠습니다. 또한 누님의 부모님들께서 저를 받아 주시지 않으신다 하셔도 제가 누님을 책임지는 것은 변함이 없을 것입니다."

한서영이 물끄러미 김동하를 바라보았다.

김동하의 얼굴에는 진심 어린 표정이 가득 떠올라 있었다.

한서영이 고개를 끄덕였다.

"그것이면 되었어. 그리고 우리 엄마랑 아빠는 그렇게 꽉 막힌 분들이 아니셔. 동하의 사정을 들으시면 이해해 주실 거야."

"알겠습니다."

김동하가 대답하고 한서영을 바라보았다.

한서영의 이마에 땀방울이 맺힌 것을 보며 김동하가 손을 내밀었다.

"손을 이리 주십시오."

한서영이 손을 내밀자 김동하가 한서영의 손을 잡았다.

김동하의 손은 남자답지 않게 부드럽고 섬세했다.

김동하의 손에서 또다시 무량기가 흘러들어오자 한서영은 전신에서 날아갈 듯한 청량한 느낌이 퍼져나가는 것을 느꼈다.

　삽시간에 온몸이 뽀송뽀송해지는 쾌적함을 또다시 절감하는 한서영이었다.

조선남자

朝鮮男子

-천능의 주인-

뜻밖의 사고

해가 저물면서 백령도는 전 해안이 민간인 출입금지구역
으로 바뀌었다.

섬의 곳곳마다 무장을 한 군인들의 모습이 보였고 도로
에는 군용차들의 운행숫자가 늘어나기 시작했다.

곡도식당.

식당의 내부에는 민박을 하기 위해 투숙한 관광객들과
술을 마시기 위해서 식당을 찾은 손님들로 좌석이 제법 채
워져 있었다.

몇 명의 손님들은 머리가 짧은 것으로 보아 직업군인인
듯했다.

아마 부대에서 퇴근해 술자리를 하는 것으로 보였다.

백령도는 섬의 특성상 중사급 이상의 하사관들과 일부 장교들은 아예 자신의 가족과 함께 관사에서 생활하거나 관사를 얻지 못한 경우에는 개인적으로 숙소를 얻어서 생활한다.

엄격한 군의 규율과 고된 일상에서 지친 몸을 오후에 퇴근해서 한 잔의 술로 달래는 것은 그들에게는 유일한 유흥이고 낙이었다.

일반 사병이라면 있을 수 없는 일이지만 군 생활이 10년이 넘어가는 사관들이라면 이런 식으로 하루의 피로를 푸는 것은 용인되었다.

식당내부의 낡은 나무식탁 위에는 해물찜과 생선회 등이 놓여 있었다.

일부 손님들은 제법 술을 마신 듯 얼굴이 벌겋게 달아올랐다.

식당의 한쪽은 미닫이 방으로 구성되어 있었다.

두 개의 방안에는 앉은뱅이 식탁이 놓여 있었고 방 하나에는 투숙객으로 보이는 손님들이 음식을 먹는 중이었다.

드르륵—

일몰시간이 지난 후였지만 아직 어둠은 내리지 않은 오후 7시쯤, 곡도식당의 문이 열리면서 두 명의 남녀가 들어섰다.

막 식탁 하나를 치우고 있던 노인이 머리를 돌려 입구를

바라보다가 반색을 하며 다가왔다.

"어이구 마침내 오셨네. 난 혹시 진촌으로 가셨나 했수."

입구로 다가오는 노인의 얼굴에 반가워하는 기색이 역력했다.

식당으로 들어선 사람은 김동하와 한서영이었다.

식당 안에서 술을 마시거나 식사를 하던 사람들의 눈에 놀란 표정이 역력했다.

한눈에 보아도 눈이 번쩍 뜨일 정도로 아름다운 미인과 여자와 너무나 잘 어울리는 헌칠한 남자가 들어서자 놀란 것이다.

한서영이 웃으면서 입을 열었다.

"식사할 거예요. 그리고 여기서 하룻밤 지내야 할 생각인데 방은 있을까요?"

여기서 방을 구하지 못하면 섬 안쪽의 진촌으로 가야 했다.

노인이 환하게 웃으면서 대답했다.

"허허 물론이오. 식사와 방 모두 있어요."

노인이 머리를 돌려 주방을 향해 소리쳤다.

"할멈! 기다리던 손님 왔어. 나와 봐."

노인의 말에 주방에서 할머니가 앞치마를 걸치고 나오다 한서영을 발견했다.

"하이고 예쁜 각시랑 신랑이 왔네? 어서 와요, 호호."

할머니는 아예 김동하와 한서영을 부부로 인정하고 있었다.

하긴 내막을 모른다면 김동하와 한서영만큼 어울리는 남녀도 없을 것이다.

노인이 입을 열었다.

"여기 젊은 부부가 우리 집에서 식사를 하고 하룻밤 머물고 싶대."

할머니가 대답했다.

"아유. 그게 뭐라고. 제일로 좋은 방으로 드릴 테니 걱정하지 말아요."

할머니가 노인을 보며 입을 열었다.

"영감은 식탁 치우고 바로 젊은 부부가 쉴 방을 청소해 줘요. 영신이가 쓰던 방을 주면 될 것 같네요."

노인이 이를 드러내고 웃었다.

"허허 알았어."

노인이 한서영을 보며 입을 열었다.

"영신이는 시집간 우리 딸인데 그 딸이 예전에 사용하던 방이라오. 민박하는 사람들한테는 잘 내어주지 않는 방인데 할멈이 큰맘을 먹은 모양이구려. 허허."

딸이 사용하던 방을 한서영과 김동하에게 내주는 것은 노인들로서는 큰 인심을 베푸는 것과 마찬가지였다.

한서영이 머리를 숙였다.

"감사합니다."

"허허 이불이나 침구도 깨끗한 것으로 준비해 드리지요."

"네."

한서영이 곱게 대답했다.

한서영은 두 노부부가 자신과 김동하를 부부로 대해주자 정말 자신이 김동하의 색시가 된 느낌이 들었다.

그 때문에 대답도 마치 새 신부처럼 고분고분해지는 것을 느꼈다.

선머슴 같은 자신의 성격에 어떻게 이런 기질이 숨어 있었는지 한서영도 놀랄 정도였다.

할머니가 한쪽에 열려진 방문을 가리켰다.

"저쪽으로 앉으시우. 내 곧 맛있는 식사를 준비해 줄 테니."

"네."

한서영과 김동하가 신발을 벗고 방안으로 들어갔다.

탁자보다는 방안이 훨씬 편하고 오붓한 느낌이 들었기에 한서영도 방안의 식탁이 싫지 않았다.

한서영이 안쪽으로 앉고 김동하가 한서영의 마주보는 곳에 앉았다.

그때 밖에서 술을 마시던 손님들이 수군거리는 소리가 들렸다.

"할머니! 저분들 아는 분들이오?"

식당의 입구에서 술을 마시던 직업군인들이 한서영과 김동하를 맞이하는 할머니를 보며 물었다.

할머니가 대답했다.

"호호 오늘 낮에 백령도에 들어오는 배에서 만났지요. 색시가 너무 고와서 꼭 우리 집에 들러달라고 부탁을 했다오."

할머니의 말에 군인들이 머리를 끄덕였다.

"휘유~ 내일 저 여자분 섬에 함부로 돌아다니지 말라고 해야 할 것 같네요. 병사들이 모두 탈영하고 싶어질까 무서워서요. 하하."

"진짜 술이 확 깨네."

"남자분도 진짜 잘생겼는데⋯⋯."

군인 한명이 머리를 돌려 방안을 바라보다 한서영의 앞에 앉은 김동하를 보며 말을 걸었다.

"거기 젊은 양반 군대는 갔다 오셨소?"

김동하는 자신에게 말을 거는 군인들을 보며 눈을 껌벅였다.

다른 군인이 김동하에게 말을 거는 군인을 말렸다.

"어이! 김중사. 괜한 것 묻지 말라고 손님에게 실례잖아."

김중사라 불린 사내가 벌쭉 웃었다.

"하하 농담입니다. 그냥 너무 잘생겨서 한번 물어본 것일 뿐입니다. 근데 저 젊은 친구는 군대를 아직 갔다 오지 않았다면 꼭 해병대에 지원해줬으면 좋겠습니다. 허허."

군인들이 웃었다.

"하하 그러면 저 젊은 여자 분이 자주 이곳 백령도에 들

르겠네?"

"하하 실없긴."

군인들은 김동하와 한서영을 두고 자신들끼리 잠시 대화를 나누다가 이내 화제를 돌렸다.

김동하가 한서영을 바라보며 물었다.

"군대라는 것이 어디입니까? 그곳을 다녀와야 하는 것인가요?"

"이 나라의 남자는 성인이 되면 반드시 군에 입대를 해서 병역을 치러야 해. 대한민국의 국민으로 태어났다면 의무사항이야."

"병역의무란 말입니까?"

"응! 사실 우리나라는 지금부터 약 70년 전에 전쟁을 치렀어. 아까 산위에서 바라본 그 땅의 북쪽과 남쪽으로 나뉘어서 말이야. 북쪽을 북한이라고 부르고 남쪽을 남한이라고 부르는데 서로 지향하는 이념이 달라서 싸우게 된 거야. 이곳은 북쪽이 가까워서 군인들이 늘 주둔하는 곳이야."

한서영은 김동하에게 한국의 상황을 조곤조곤 설명해 주었다.

설명을 듣는 김동하의 표정이 신중했다.

자신은 생각하지도 못했던 일들이었다.

군인들이 이곳 외지의 섬에 주둔하고 있다는 것도 놀라웠고 해가 저물면 해안 근처에는 얼씬도 못 하게 하는 것도 이상하게 생각했다.

하지만 그 내막에 전쟁이라는 아픈 상처가 있었다는 것을 그제야 실감이 됐다.

그때였다.

와당탕.

식당의 입구 쪽에서 술을 마시던 군인들이 황급히 자리에서 일어섰다.

4명의 군인들의 얼굴에는 다급한 표정이 떠올라 있었다.

그들의 손에는 모두 스마트폰이 들려 있었다.

"야! 사고야."

"빌어먹을."

군인들이 급하게 일어나는 바람에 식탁의 음식들이 바닥으로 떨어졌다.

주방에서 막 음식을 장만하던 할머니가 급하게 달려 나왔다.

"뭔 일이래요?"

군인 한명이 급한 어투로 입을 열었다.

"사고가 난 것 같습니다. 급히 부대로 복귀를 해야 할 것 같아요."

"어이구 세상에 이를 어째? 얼마나 사고가 크게 났기에."

"차가 전복이 된 것 같은데 병사들이 제법 다친 것 같습니다. 계산은 나중에 와서 할게요."

"그려요. 어서 가 봐요."

할머니가 안쓰러운 표정을 지었다.

이내 군인들이 다급한 발걸음으로 식당을 빠져 나갔다.

부대에서 사고가 일어나면 퇴근해서 부대를 빠져나왔다고 해도 긴급하게 다시 부대로 복귀해야 하는 것이 직업군인들의 특성이다.

4명의 군인들이 식당 앞에서 마침 지나가는 차를 세워서 얻어 타고 급하게 부대로 복귀했다.

방안에서 군인들이 달려 나가는 것을 본 한서영이 할머니를 보며 물었다.

"무슨 일이 있어요?"

할머니가 안쓰러운 목소리로 대답했다.

"부대에서 사고가 있었나 봐요. 젊은 청년들이 군대에 와서 고생하는데 사고까지 일어나면 큰일이에요. 또 부대에서 일어나는 사고는 보통 크게 다치는데⋯⋯."

할머니가 안타까움 가득한 얼굴로 혀를 찼다.

한서영이 물었다.

"부대 내에 병원은 있겠죠?"

"병원은 있지만 크게 다치면 부대에서도 치료하기가 힘들 거예요. 그러면 큰 병원에 가야 하는데⋯⋯."

할머니는 연신 부대로 급히 복귀한 군인들이 나간 식당의 입구 쪽을 살폈다.

한서영은 의사다.

비록 엉뚱한 일로 인해 근신처분을 받고 있는 중이지만 그녀는 여전히 자신이 의사라는 것을 잊지 않고 있었다.

군인들이 다쳤다는 말에 본능적으로 자신이 의사라는 것을 머리에 떠올린 한서영이었다.

김동하가 한서영을 보며 물었다.

"군인들이 얼마나 다친 것인지 걱정이 되십니까?"

한서영이 눈을 깜박이다 대답했다.

"내가 의사니까 누군가 다쳤다는 소릴 들으면 걱정이 돼. 여기가 세영대학병원이라면 나 말고도 다른 의사들이 있으니까……."

말을 하던 한서영의 말을 자르면서 김동하가 할머니를 보며 물었다.

"그 군인들이 돌아간 부대라는 곳이 어디인지 아십니까?"

할머니가 눈을 동그랗게 떴다.

"저 색시가 의사였수?"

김동하가 머리를 끄덕였다.

"예!"

"어머나 세상에……."

할머니는 한서영이 얼굴도 아름답지만 의사라는 신분을 가지고 있다는 것에 다시 한 번 놀라는 얼굴이었다.

한서영이 김동하를 보며 물었다.

"동하가 도와줄 거야?"

김동하가 빙긋 웃으며 고개를 끄덕였다.

한서영은 김동하가 도와준다는 말에 할머니를 향해 머리를 돌렸다.

"할머니! 아까 그 군인 분들의 부대가 어디예요?"

할머니가 눈을 껌벅였다.

"색시가 찾아가 보시려고요?"

한서영이 대답했다.

"네. 다행히 이 사람이 저를 도와준다고 해서 가볼 생각이에요."

할머니가 다시 놀란 얼굴로 김동하를 바라보았다.

"그럼 신랑분도 의사유?"

"네. 저보다 훨씬 실력이 있고 훌륭한 의사예요. 죽은 사람도 살릴 수 있을 만큼."

한서영의 답에 할머니가 놀란 얼굴로 김동하와 한서영을 번갈아 바라보았다.

한서영이 재촉했다.

"할머니! 아까 그분들이 돌아간 부대가 어디예요?"

할머니가 상기된 얼굴로 대답했다.

"저기 사곳을 지나면 다리가 나오는데 다리를 넘으면 콩돌해변이라우. 그기서 조금만 더 가면 오군포라는 곳이 있는데 그곳이라고 들었어요."

할머니가 군인들이 돌아간 방향을 향해 손으로 가리켰다.

김동하가 한서영을 바라보자 한서영이 일어섰다.

두 사람이 다시 신을 찾아 신었다.

할머니가 상기된 얼굴로 더듬거렸다.

"걸어서 갈려면 한참 멀 텐데……."

한서영이 대답했다.

"괜찮아요, 할머니. 곧 돌아올게요."

"아, 알았어요. 어머나 세상에 저 젊은 부부가 의사들이
라니 정말……."

할머니의 중얼거림을 등으로 흘려들으며 두 사람이 식당
의 문을 나섰다.

바깥은 희미하게 어둠이 내리고 있었지만 확연하게 어두
워진 것은 아니었다.

김동하가 한서영을 데리고 식당의 뒤편으로 돌아갔다.

한서영은 김동하가 어떤 행동을 하려는 것인지 알고 있
었기에 김동하의 손을 잡고 급하게 그 뒤를 따랐다.

식당의 뒤편은 사람의 흔적이 전혀 보이지 않는 사각지
대였다.

김동하가 한서영을 바라보며 입을 열었다.

"무서워도 조금만 참아요."

한서영이 살짝 웃었다.

"걱정하지 마. 처음이 아니니까 참을 수 있을 거야."

"그때보다 많이 올라갈 거니까 조금 무서울 것입니다."

"알았어."

김동하가 한서영을 안았다.

한서영은 김동하가 자신의 허리에 손을 두르자 두 손을 올려 김동하의 목에 감았다.

두 사람의 얼굴이 맞닿을 듯 가까웠다.

김동하의 콧속으로 향긋한 한서영의 화장품 향기가 스며들어왔다.

한순간 김동하는 마음이 흔들렸지만 이내 마음을 진정시킨 뒤에 두 다리에 비등연공의 절기를 펼쳤다.

파아악—

쉬이익—

한서영을 안은 김동하의 몸이 그대로 허공으로 치솟아 올랐다.

얼마 전에 한서영을 안고 세영대학병원의 본관 의료동의 옥상으로 날아오르던 속도와는 확연하게 다른 속도였다.

순식간에 김동하와 한서영의 몸이 허공으로 근 300m 이상을 솟아올랐다.

누군가 아래에서 본다면 새 한 마리가 허공에 떠 있는 것이라고 생각할 정도의 높이였다.

한서영은 김동하의 몸에서 펼쳐지는 비등연공을 두 번째 경험하는 것이었지만 처음과는 달리 엄청난 속도가 붙어 있었기에 자신도 모르게 김동하의 목을 끌어안은 팔에 힘이 들어갔다.

하지만 이 정도의 높이까지 치솟아 올랐으니 여객선에

탑승하거나 내릴 때 그 누구도 눈치를 채지 못했을 것이라고 생각했다.

허공으로 치솟아 오른 김동하는 할머니가 가르쳐준 방향으로 몸을 튕겼다.

쉬이이이익—

김동하의 두 다리에서 비등연공의 절기가 최절정으로 펼쳐졌다.

두 사람은 마치 어두운 하늘을 가로지르는 새처럼 빠르게 허공을 가르고 있었다.

멀리 아래쪽에 김동하와 한서영이 향하는 방향으로 한 대의 지프차가 라이트를 켜고 달리고 있는 모습이 보였다.

김동하는 한서영을 안고 허공을 튕겨나가면서 추진력이 떨어지면 다시 아래로 내려와 몸의 반탄력을 새로 얻었다.

무량기가 진화를 꽃피울 경지에 이르자 한 번에 펼치는 비등연공의 도약거리가 근 500m에 이를 정도로 엄청난 거리를 가로지를 수 있었다.

만약 한서영을 대동하지 않았다면 더 먼 거리를 가로지를 수 있을 것이다.

할머니가 말한 다리를 건너자 검은색의 모래개펄이 나타났다.

백령도의 명물인 사곶 해수욕장이다.

전 세계에서 단 두 곳만 존재한다고 알려진 천연비행장이 바로 이곳에 위치하고 있었다.

단숨에 사곶 해수욕장을 가로지르자 멀리 떨어진 곳에 환하게 불이 켜진 몇 대의 차량이 도로 옆에 서 있는 것이 보였다.

바닷가 해안 쪽으로는 틈이 없을 정도로 철조망이 쳐져 있었고 해변에는 사람의 그림자 하나 보이지 않았다.

사고가 난 것으로 보이는 현장의 한쪽에는 트럭 한 대가 뒤집혀 있었고 주변에서 군복을 입은 병사들이 뒤집힌 차에서 병사들을 끌어냈다.

이미 바닥에는 몇 명의 병사들이 누워 있는 것이 보였다.

전복된 차량에서 급하게 구해낸 것으로 보이는 병사들이었다.

김동하가 차량이 서 있는 곳에서 약 50m 정도 떨어진 거리에서 아래로 내려섰다.

잠시 몸을 숙인 채 기다리자 아까 식당에서 출발한 군인들이 탄 차량이 급하게 두 사람의 앞을 스쳐갔다.

이내 두 사람이 몸을 움직였다.

김동하가 한서영의 손을 꼭 쥐고 있었기에 급하게 움직여도 한서영은 전혀 힘든 느낌이 들지 않았다.

두 사람이 차량이 전복된 곳에 가까워지자 누군가의 고함치는 소리가 들려왔다.

"어찌된 일이야."

"필승! 중위 이윤모."

이윤모라는 중위가 오늘 근무를 서야 하는 당직사관인

모양이었다.

"어떻게 된 거냐니까?"

"윤일병이 운전을 하는데 길 옆에서 갑자기 고양이가 달려 나와 놀라 핸들을 돌리다가 일어난 사곱니다."

"부상자가 모두 몇 명이야?"

다른 군인이 물었다.

아까 곡도식당에서 술을 먹다가 달려 나간 군인의 목소리였다.

"총 12명입니다. 근데 이상병과 최병장이 위험한 상황입니다. 이상병은 차에 깔려 허리를 심하게 다쳤고 최병장은 목을 심하게 다쳤습니다. 다른 병사들은 다치긴 했지만 위급한 상항이 아닌데……."

보고를 하는 병사의 목소리는 잔뜩 굳어 있었다.

그때였다.

"잠깐 실례 좀 할게요. 그리고 환자들을 무리하게 움직이지 마세요. 오히려 더 크게 다칠 수 있으니까 말이에요."

군인들의 뒤쪽에서 들려오는 목소리였다.

갑자기 들려온 여자의 목소리에 병사들과 곡도식당에서 급하게 달려온 군인들이 놀란 얼굴로 돌아보았다.

어두워지는 길의 중앙에 두 사람의 남녀가 서 있었다.

곡도식당에서 김동하와 한서영을 보았던 군인들이 눈을 치켜떴다.

한서영이 입을 열었다.

"우리들은 의사예요. 아까 식당에서 사고소식을 듣고 달려 나가시는 모습을 보고 곧장 따라왔어요."

곡도식당에서 술을 마시던 군인들 중 한사람이 바로 이 부대의 중대장인 윤만호 대위였다.

집에 들러서 군복을 벗고 간편한 트레이닝 복 차림이었기에 그가 장교라는 것을 알고 있는 사람은 같은 군인들밖에 없었다.

윤만호 대위가 눈을 껌벅이며 한서영을 바라보다가 물었다.

"정말 의사이십니까?"

한서영이 머리를 끄덕였다.

"서울 세영대학병원에서 근무하고 있어요."

"그, 그렇습니까?"

군에서 사고가 일어나면 원칙에 따라 부대의 직속상관에게 먼저 보고가 되어야 한다.

그 후 단계를 따라 상급자에게 보고가 올라가는 것이 정상이다.

아직 자신의 상급자에게 보고가 올라가지 않았기에 윤만호 대위가 다급한 음성으로 입을 열었다.

"부, 부탁드립니다, 선생님."

그때였다.

"중대장님! 최병장이 이상합니다."

초병배치를 인솔하던 소대장 강영일 소위의 다급한 음성이었다.

한서영이 급하게 바닥에 누워 있는 병사에게 다가섰다.

그때 한서영의 뒤를 따라 김동하도 움직였다.

한서영은 다급하다고 생각되는 한 병사의 몸을 세심하게 살피다가 이내 병사의 손목 맥을 짚었다.

김동하의 눈이 병사의 얼굴을 가만히 살폈다.

한서영이 김동하를 돌아보았다.

한서영이 김동하에게만 들릴 만큼 작은 목소리로 속삭이듯 말했다.

"경추골절로 의심되고 맥이 가늘어져. 이대로라면 얼마 버티지 못할 거야."

김동하가 잠시 병사의 얼굴을 바라보다가 사고현장을 수습하던 병사들을 돌아보았다.

"혹시 바늘을 가지고 있는 분이 계십니까? 끝이 뾰족한 바늘이라면 어떤 바늘이라도 상관이 없습니다."

김동하의 말에 병사들이 대답했다.

"여기 있습니다."

"저도 있습니다."

"저도 여기 있습니다."

군인들은 비록 남자이긴 하지만 군인이라는 신분으로 인해 모든 것을 스스로 해결해야 했다.

때문에 바늘을 상비소지품으로 가지고 있는 병사들이 많

았다.

다행히 한 병사가 크기가 다양한 바늘을 종류별로 소지하고 있었기에 바늘은 한순간에 20개가 넘게 모였다.

병사들은 갑자기 사고현장에 나타난 의사들이 있다는 것에도 놀랐지만 그 의사가 눈이 번쩍 뜨일 정도로 아름다운 여의사라는 것에 더욱 놀랐다.

걱정되는 마음은 많지만 그럼에도 한서영의 얼굴에서 시선을 떼지 못하고 있었다.

한서영이 김동하를 바라보았다.

"어쩌려고?"

김동하가 입을 열었다.

"이미 경추가 골절되어 이대로 두면 이 사람은 살아나지 못할 것입니다. 시침을 해서 세맥을 열고 기운을 불어넣은 것으로 포장하여 천명을 돌려주어야 할 것 같습니다. 번거로운 것을 피하려면 누님께서 사람들의 이목을 가려서 제가 천명을 사용하는 것을 보지 못하게 해주시면 될 것입니다."

한서영이 굳은 표정으로 김동하를 바라보았다.

"천명을 써야 할 정도야?"

끄덕.

김동하가 머리를 끄덕였다.

"이대로 두면 반각(7분)도 버티지 못할 것입니다."

한서영이 대답했다.

한서영이 뒤를 돌아보며 윤만호 대위를 바라보았다.

"이 병사분의 상사이신가요?"

"예!"

"안심하셔도 될 거예요."

한서영의 말에 초조한 얼굴로 서 있던 윤만호 대위의 얼굴이 환하게 밝아졌다.

"저, 정말입니까?"

"네!"

그때였다.

김동하는 병사들에게서 받아낸 바늘을 자신의 손 위에 올려놓았다.

김동하가 머리를 갸웃하며 흔들었다.

바늘의 끝이 굵다는 느낌이 들었기 때문이다.

몸에 시침하는 침구와 바느질을 하는 바늘은 그 굵기가 하늘과 땅 차이였다.

그 때문에 바늘이 더 가늘어야 하는 것이 정상이었다.

잠시 바늘을 바라보던 김동하가 손끝에 무량기를 실어서 바늘을 훑었다.

바늘이 쭈욱 늘어나는 느낌이 들었다.

주변에 둘러선 병사들은 김동하와 한서영의 진료행위를 방해하지 않기 위해서 약간 떨어져 있었기에 지금의 김동하가 하는 행동을 알아차리지 못하고 있었다.

바늘은 길어진 만큼 가늘어졌다.

김동하는 늘어난 바늘을 여러 개의 조각으로 부러트렸다.

하나의 바늘에서 세 개의 바늘이 만들어졌다.

가늘어진 바늘을 중간부분에서 당겨 손가락으로 잡는 부분은 두껍게 하고 몸속으로 들어가는 바늘은 머리카락보다 얇게 만들었다.

이내 바늘을 모두 만든 김동하가 정신을 잃고 누워 있는 병사의 옷을 벗기기 시작했다.

약간 거리를 두고 떨어져서 지켜보던 병사들의 얼굴이 굳어졌다.

그들의 눈에 김동하에 의해서 옷이 벗겨지고 있는 최병장의 목 부분이 부러진 것처럼 기묘한 방향으로 뒤틀리는 것을 목격한 것이다.

인간으로서는 절대로 돌아가지 않는 방향으로 돌아간 것이다.

"모, 목이 부러졌어."

"최병장이 죽었어."

병사들의 놀라움은 한순간에 장내를 술렁이게 만들었다.

하지만 김동하의 표정은 변화가 없었다.

안심하고 있던 윤만호 대위가 놀란 얼굴로 한서영을 바라보았다.

"최, 최병장이 죽은 것입니까?"

한서영이 머리를 돌려 윤만호 대위를 바라보았다.

"저의 말을 못 믿으시나요?"

"아, 아니 그게 아니라……."

"그냥 잠시만 기다려 보세요."

한서영이 다시 몸을 돌렸다.

이내 한서영이 김동하가 상의를 모두 벗긴 최병장이라는 군인의 치료 장면을 자신의 몸으로 가렸다.

김동하는 이미 맥동까지 꺼져가는 최병장의 몸 위로 자신이 만들어낸 바늘을 찔러 넣기 시작했다.

아문, 천주, 대추, 대저, 풍문, 신주, 신도, 심유 등 등 뒤의 혈맥에 거침없이 침을 찔렀다.

한서영은 너무나 담담한 얼굴로 침을 찔러 넣는 김동하를 보며 눈을 껌벅였다.

자신이 보아도 너무나 능숙한 손놀림이었다.

한순간에 등을 보이고 엎드린 최병장의 등에는 김동하가 만들어낸 세침 십여 개가 꽂혔다.

침을 찔러 넣은 김동하가 한 손으로 자신의 입을 가렸다.

잠시 후 김동하의 손에 푸른 안개와 같은 기운이 담겼다.

김동하의 모습을 한서영이 가리고 있었기에 아무도 눈치 채지 못한 상황이었다.

하지만 한서영은 또다시 김동하가 천명의 기운을 뱉어내는 모습을 지켜보며 놀란 얼굴로 입을 살짝 벌렸다.

김동하가 뱉어낸 천명을 최병장의 입가로 가져가서 살짝

흘려주었다.

천명의 기운은 너무나 자연스럽게 최병장의 입속으로 사라졌다.

천명을 불어넣은 김동하가 엎드린 최병장의 몸에서 다시 침을 회수했다.

순간 최병장의 몸에서 우드득 하는 뼈마디가 제자리를 찾는 소리가 들렸다.

모두의 얼굴이 굳어지고 있었다.

최병장의 모습은 잘 볼 수가 없었지만 뼈가 접골되는 소리는 너무나 선명하게 들렸기 때문이다.

"서, 선생님."

윤만호 대위가 다급한 목소리로 한서영을 불렀다.

그때였다.

죽은 것처럼 엎드려 있던 최병장이 몸을 움직이기 시작했다.

엎드린 채 잠을 자다가 일어나는 것 같은 움직임이었다.

"최, 최병장이 움직였어."

"뭐야?"

"어, 어떻게……."

김동하가 머리를 돌려 한서영을 바라보았다.

"천명은 이분 하나만으로 충분할 것 같습니다."

한서영이 놀란 듯이 눈을 동그랗게 떴다.

"다른 환자들도 다 살펴본 거야?"

김동하가 머리를 끄덕였다.

"예! 다른 분들은 경미하거나 위중하지 않은 상태입니다. 다만 얼마 동안은 치료를 해야 할 것이니 누님께서 먼저 손을 쓰시는 것이 좋겠습니다."

"알았어."

이내 고개를 끄덕인 한서영이 최병장이라는 병사를 바라보았다.

최병장은 김동하에 의해서 천명을 돌려받았기에 오히려 다른 병사들보다 더 멀쩡한 모습으로 회복이 되어 있었다.

잠시 후 최병장이 몸을 일으켰다.

지켜보고 있던 윤만호 대위와 이윤모 중위가 달려왔다.

"최병장 괜찮아?"

최병장이라는 병사가 어리둥절한 얼굴로 자신의 몸을 내려다보았다.

차가 전복되는 순간 목이 꺾이는 엄청난 통증을 느끼고 정신을 잃었는데 일어나보니 몸이 멀쩡하다는 것이 이해가 되지 않았다.

목을 움직여도 전혀 통증조차 느껴지는 것이 없었다.

최동일 병장으로서는 자신이 죽었다가 살아난 것이라곤 꿈에도 생각하지 못하고 있었다.

최동일 병장이 머리를 돌려 자신에게 급하게 다가오는 윤만호 대위를 바라보았다.

"피, 필승! 병장 최동일."

"너 인마! 괜찮아."

최동일 병장이 어리둥절한 얼굴로 대답했다.

"멀쩡합니다. 근데 제가 왜 옷을 벗고 있습니까?"

최동일 병장은 자신의 상의가 벗겨졌다는 것이 이해가
되지 않는 모양이었다.

윤만호 대위가 한숨을 불어냈다.

"너 용왕님 부랄 만지고 온 거야 인마! 저 의사 분들이 아
니었다면… 아이구 내가 십년감수했다."

윤만호 대위는 크게 다쳤다고 생각했던 최동일 병장이
멀쩡한 모습으로 일어서자 절로 입에서 한숨이 흘러나왔
다.

그때 김동하와 한서영은 다른 병사들을 살피고 있었다.

차가 전복될 때 차에 허리가 깔렸다고 생각되었던 이기
홍 상병은 의외로 멀쩡했다.

허리가 깔릴 당시에 차에서 떨어진 그의 위치가 도로 턱
보다 낮은 곳에 있었기에 차량이 전복될 때의 상황으로 본
다면 허리가 깔린 것으로 보일 수 있었던 것이다.

제대로 깔렸다면 허리뼈가 박살이 났을 것이지만 다행히
도로의 경계 턱이 그런 극한 상황은 면하게 만들어 주었
다.

하지만 그럼에도 차의 무게 때문에 허리의 근육은 다칠
수밖에 없었던 것인지 이기홍 상병이 허리의 통증을 호소
했다.

김동하는 그런 이기홍 상병의 허리에도 침을 놓아주었다.

허리의 근육이 상당히 경직되어 있었기에 침을 놓아 경직상태를 풀어준 것이다.

이기홍 상병도 김동하가 자신의 허리에 침을 놓아주자 그토록 아프게 느껴지던 통증이 사라지는 것을 경험하며 놀랍고 신기한 듯이 자신의 허리를 연신 주물렀다.

다른 병사들도 크게 심하게 다친 환자는 없었다.

대부분 타박상이거나 심한 충격으로 근육이 경직된 게 전부였다.

병사들에게 일일이 응급처방을 한 한서영이 조치를 마치고 일어섰다.

"병사 분들은 전복 당시에 타박상을 입었거나 근육이 경직되어 통증을 느끼고 있는 것으로 보입니다. 그러니 당분간 무리하지 않고 치료를 병행하면 빠르게 회복될 거예요. 다행히 병사 분들이 젊은 분들이셔서 큰 사고인데도 버텨주신 것 같네요."

한서영의 말에 윤만호 대위가 황급히 머리를 숙였다.

"고, 고맙습니다 선생님!"

한서영이 웃었다.

"저는 선생님 소리를 들을 만한 실력을 가지지 못했어요. 오히려 실력이 좋은 사람은 저 사람이죠."

한서영이 김동하를 가리켰다.

윤만호 대위가 김동하를 보며 다시 머리를 숙였다.

"정말 고맙습니다. 덕분에 부하들이 무사할 수 있었습니다."

김동하가 빙긋 웃었다.

"아닙니다. 도움이 될 수 있었다니 다행입니다."

"이 은혜를 어떻게 갚아야 할지 정말 고맙습니다."

"괘념치 마십시오."

김동하는 연신 고마워하는 윤만호 대위에게 부드러운 표정으로 안심시키고 있었다.

윤만호 대위로서는 자신이 지휘하는 중대에서 차량전복 사고로 인사사고가 발생했다는 것이 상부에 보고될 경우 어떤 일이 벌어졌을지 상상만 해도 아찔했다.

윤만호 대위가 당직사관 이윤모 중위를 보며 입을 열었다.

"나는 대대장님께 직접 보고하러 갈 테니까 이중위 자네가 전복된 차량은 수송중대에 연락해서 견인하라고 하고 사고당한 대원들은 모두 다른 대원들로 교체해서 투입해. 당분간 오늘 사고당한 대원들은 근무에 넣지 말고 쉬게 하란 말이야."

중대장 윤만호 대위의 지시에 이윤모 중위가 경례를 했다.

"필승! 알겠습니다."

그때 한서영이 윤만호 대위를 보며 입을 열었다.

"그럼 저희들은 이만 돌아가 볼게요."

윤만호 대위가 놀란 표정으로 한서영을 바라보았다.

"돌아가시겠습니까?"

한서영이 웃었다.

"우린 민간인이잖아요. 군인 분들이 계시는 곳에서는 어울리지 않을 것 같네요. 다행히 모두 무사하시니까 돌아가도 될 것 같습니다."

윤만호 대위가 물었다.

"곡도식당으로 돌아가십니까?"

"네."

"나중에 제가 찾아봬도 되겠습니까? 고마움을 표시하고 싶은데 군인이다 보니 제대로 된 방법을 잘 모릅니다."

"호호 그럴 필요 없어요. 본분이 의술을 배운 의사니까 다친 분들을 돕는 것은 당연한 것인걸요."

"일단 알겠습니다."

말을 마친 윤만호 대위가 머리를 돌려 한쪽에 최동일 병장이랑 서 있는 강영일 소위를 불렀다.

"강소위."

"예! 중대장님."

강영일 소위가 급하게 다가왔다.

"자네가 두 분 의사선생님들을 곡도식당까지 모셔다 드려."

"예! 알겠습니다."

강영일 소위가 급하게 지프차가 있는 곳으로 달려갔다.

상명하복의 군율이 엄격하기로 소문난 해병대의 군기였다.

한서영은 괜찮다고 만류하려다 군인들이 이상하게 생각할 것 같아 이내 포기했다.

부르르르릉.

군용 지프차에 시동이 걸리는 소리와 함께 한 대의 지프가 김동하와 한서영의 앞에 멈추어 섰다.

이미 날은 완전히 어두워져 주변이 칠흑처럼 깜깜해져 있었다.

차의 운전석에 앉아 있는 강영일 소위의 얼굴은 어둠 속이지만 무척이나 상기되어 있다는 것이 느껴졌다.

차량전복사고로 인해서 부대원들이 크게 다친 것이라고 생각한 그는 그야말로 하늘이 무너져 내리는 것 같은 아찔함을 느끼고 있던 중이었다.

차라리 북한 쪽에서 도발을 해 와서 부대원들이 다친 것이라면 마땅한 조치를 할 수가 있었지만 차량전복사고라면 군기가 해이해졌다는 핀잔을 들어도 할 말이 없었다.

그런 상황에서 생각지도 않은 의사 두 명이 나타나 사고를 수습해준 것인 너무나 고마웠다.

특히 최동일 병장은 자신이 보아도 생명이 위독한 상황이었다.

당장에 군 헬리콥터를 이용해서 수도통합병원으로 수송

을 해도 장담을 할 수 없을 정도로 위급한 상황이라고 판단했던 그였다.

그런 최동일 병장이 멀쩡한 모습으로 일어나는 것을 보며 그는 자신도 모르게 하느님을 찾을 정도였다.

그리고 그 모든 것을 수습해준 두 명의 의사가 그에게는 전생의 은인처럼 고맙기만 했다.

"타십시오. 두 분을 곡도식당까지 모셔다 드리겠습니다."

낭랑하게 말하는 강영일 소위의 목소리는 우렁차기까지 했다.

어쩔 수 없이 한서영과 김동하는 강영일 소위가 운전하는 군용지프를 이용해서 다시 곡도식당으로 돌아갈 수밖에 없었다.

김동하와 한서영이 탑승한 군용지프는 어두운 백령도의 해안밤길을 달려 선착장의 곡도식당으로 다시 돌아갔다.

이제 백령도는 완전하게 어둠에 잠겨들었다.

변수(變數)

"아이고 의사선생님들 어서 오시구랴."

식당의 문을 열고 들어서는 김동하와 한서영을 할머니가 반색을 하며 반겨주었다.

그때까지 곡도식당에서 식사를 하거나 술을 마시는 사람들은 조금 더 늘어난 듯 테이블에는 거의 빈자리가 없을 정도였다.

술을 마시던 사람들은 할머니의 호들갑에 고개를 돌려 식당으로 들어서는 김동하와 한서영을 돌아보며 놀란 표정을 지었다.

특히 식사를 하고 있던 여자 여행객들은 식당으로 들어

서고 있는 김동하와 한서영의 얼굴을 보며 식사를 하는 것
도 잊고 두 사람을 바라보았다.

한눈에 보아도 저절로 입이 벌어질 정도로 아름다운 여
인과 캐주얼한 복장에 단정한 모습의 김동하가 너무나 잘
어울려서 놀라는 것이다.

더구나 두 사람이 의사라는 사실에 더욱 놀란 채 멍한 표
정으로 바라보았다.

곡도식당의 주인 할머니는 김동하와 한서영이 그저 고맙
고 예쁘다는 생각만 들었다.

한가하게 백령도의 풍경을 구경하러 온 젊은 부부쯤으로
생각했던 사람들이 의사부부였다는 사실도 대단했다.

그런데다 그들이 사고소식을 듣고 바로 달려가는 것을
보며 할머니는 아예 김동하와 한서영을 친 자식을 반기듯
반겨주었다.

김동하와 한서영이 하룻밤을 지낼 방을 깔끔하게 정리하
고 다시 식당으로 돌아온 할아버지도 할머니의 말을 듣고
김동하와 한서영이 부부의사였다는 말에 놀란 듯 호들갑
을 떨었다.

"어여 들어와요. 시장하지? 할멈이 두 부부가 의사들이
라고 말해서 너무 놀랐다오. 허허."

이미 김동하와 한서영이 머물렀던 식당의 방안 탁자 위
에는 밥과 국을 제외한 음식들이 푸짐하게 차려져 있었다.

김동하와 한서영이 부끄러운 표정으로 안으로 들어서자

김동하와 한서영을 곡도식당까지 차에 태워 데려온 강영
일 소위가 식당 안으로 들어섰다.

나이는 고작해야 김동하보다 몇 살 정도 위일 테지만 군
복을 입은 탓인지 조금은 나이 들어 보이는 얼굴이었다.

강영일 소위가 식당으로 들어선 후 김동하와 한서영을
보며 거수경례를 올렸다.

"필승! 두 분 선생님들의 도움에 진심으로 감사드립니
다."

초급장교답게 군기가 바짝 든 강영일 소위였다.

한서영이 살짝 머리를 숙이자 김동하도 머리를 숙였다.

"도움이 될 수 있었다니 다행이에요."

한서영이 부드러운 미소를 머금고 강영일 소위를 바라보
았다.

강영일 소위의 얼굴이 벌겋게 달아올랐다.

햇볕에 그을려 시커멓게 탄 얼굴로 가슴이 떨릴 정도로
아름다운 한서영의 인사에 자신도 모르게 당황했다.

강영일 소위가 경례를 하고 있던 팔을 내리면서 입을 열
었다.

"언제든 도움이 필요하면 연락해 주십시오."

한서영이 생긋 웃었다.

"우린 괜찮아요. 대신 다친 분들이나 잘 간호해 주세요.
부상은 심하지 않겠지만 이곳저곳 통증을 많이 느낄 거예
요."

"알겠습니다. 그럼 필승!"

강영일 소위가 다시 경례를 하고 몸을 돌렸다.

한서영을 더 바라보고 있다간 식당을 떠나지 못할 것 같다는 생각이 든 강영일 소위였다.

강영일 소위가 다시 식당을 나가자 할아버지와 할머니가 김동하와 한서영을 처음 자리를 차지했던 방안으로 안내했다.

김동하와 한서영이 식당을 떠난 순간 다른 손님이 방안의 테이블을 원했지만 할머니가 완고하게 거절했던 자리였다.

방안으로 들어서는 김동하와 한서영의 귓등으로 식당의 바깥 테이블에 앉은 사람들의 소곤거리는 소리가 들려왔다.

"와! 저 남자, 전생에 나라를 구했을 거야 틀림없이."

"휴우 내가 살아온 32년이라는 세월 중에 처음으로 미인이 어떤 사람을 두고 하는 말인지 깨달았다."

"여자만큼 저 남자도 잘생겼어. 젊고 잘생기고 게다가 둘 다 의사라니… 우린 뭐냐?"

"할아버지 말로는 저 두 사람이 부부라고 하는 것 같던데."

"저런 아내를 데리고 사는 것을 보면 질투가 나야 하는데 그냥 딴 세상에 살고 있는 사람처럼 느껴져."

바깥에서 수군거리는 소리는 한서영의 귀에는 너무 작아

258

서 들리지 않았다.

다만 김동하는 그 모든 소리를 생생하게 듣고 있었다.

김동하의 얼굴이 살짝 붉어졌다.

다른 사람들이 누님인 한서영과 자신을 백년가약을 맺은 부부라고 생각한다는 것이 너무나 부끄럽고 어색한 느낌이었다.

하지만 그것이 싫지 않다는 생각이 들어서 괜히 마음이 흐뭇하기도 했다.

방안으로 들어서 다시 식탁을 중간에 놓고 마주앉은 한서영이 김동하를 바라보았다.

김동하는 아무렇지 않은 얼굴로 식탁에 차려진 음식들을 내려다보았다.

그야말로 정갈하게 차려진 음식들이었고 정성이 잔뜩 들어간 듯한 느낌까지 들었다.

할머니가 방의 입구에서 입을 열었다.

"내 얼른 밥하고 국을 가져 올 테니 잠시만 기다려요."

한서영이 살짝 웃었다.

"고맙습니다."

"고맙긴. 사고 소식을 듣자마자 달려 나갔으니 다친 사람들이 얼마나 고마워 했겠수?"

여객선에서 떨었던 호들갑을 다시 재현하는 듯 할머니의 호들갑은 잠시 김동하와 한서영을 당혹스럽게 만들었다.

하지만 이내 할머니는 주방으로 향했다.

할머니가 차려온 밥과 국은 손님용 그릇이 아닌 개인적으로 사용하는 그릇인 듯 사기로 만들어진 식기에 담겨 있었다.

다른 탁자 위에 놓인 식기들은 일반적으로 보통의 식당에서 사용하는 스테인리스 그릇이었지만 유일하게 김동하와 한서영의 식탁에 올라온 그릇은 사기로 만들어진 그릇이었다.

그러고 보니 수저 또한 다른 수저들과 다른 듯했다.

보통의 손님과는 다르게 대우를 하고 있다는 것이 확연하게 느껴질 정도였다.

밥그릇과 국그릇을 식탁에 올려놓은 할머니가 웃는 얼굴로 입을 열었다.

"시장할 테니 많이 들어요. 찬이 모자라면 얼마든지 다시 가져올 테니 아끼지 말고 먹어요."

참으로 푸짐하게 느껴지는 할머니의 인정이었다.

한서영과 김동하가 머리를 숙였다.

"감사합니다."

"그럼 방해하지 않을 테니 식사해요."

그때 할아버지가 소주 한 병과 두 개의 잔을 가져와 탁자 위에 올려놓았다.

"고생들 하셨으니 두 부부가 반주삼아 소주 한잔 하도록 해요. 이건 내가 사는 거니 안심하고 먹어도 될 거유. 하하."

한서영이 얼굴을 살짝 붉혔다.

"감사합니다."

한서영은 술을 좋아하는 편이었다.

대학시절부터 동기들이나 후배들과 어울려 자주 술을 마시는 편이었던 한서영이다.

지친 인턴의 일상을 반복하다 보면 저절로 술이 그리워지는 경우가 많았다.

그런 한서영에게 지금 김동하와 단둘이 마주한 자리는 술의 유혹이 저절로 일어날 만큼 가슴이 두근거리는 자리였다.

할아버지가 술을 올려놓고 돌아갔다.

한서영은 잠시 술병을 보다가 김동하의 얼굴을 빤히 바라보았다.

한서영의 입이 열렸다.

"아까 동하가 천명을 돌려준 그 군인은 정상적이었다면 살 수 없었겠지?"

김동하가 머리를 끄덕였다.

"경추의 7개의 뼈 중 네 번째와 다섯 번째 그리고 여섯 번째까지 완전히 꺾인 상태였습니다. 그런 상태라면 기적적으로 회생을 한다고 해도 정상적으로 살아가긴 힘들었겠지요."

한서영이 다시 물었다.

"침은 왜 놓은 거야?"

김동하가 담담한 표정으로 대답했다.

"다친 그 사람에게 아무런 조치를 하지 않고 천명만 돌려준다면 누님이 저에게 하신 말씀처럼 모든 사람들의 눈에 천명을 부여하는 것이 드러날 수 있을 것이라고 생각했습니다. 그래서 그럴 바에 그 사람의 경혈을 열어서 차라리 천명이 더 쉽게 흡수될 수 있게 조치한 것이라고 해야 하겠지요."

김동하의 말에 한서영이 물끄러미 김동하를 바라보았다.

한서영이 입을 열었다.

"난 동하가 신이 직접 인간 세상에 내려올 수 없어서 동하를 대신 보낸 것이라는 생각이 들어. 병원에서 만난 은지도 그렇고 아까 그 군인도 그렇고… 동하가 없었다면 절대로 다시 살지 못했을 거야."

김동하가 한서영을 바라보며 입을 열었다.

"저도 저의 천명이 어떻게 저에게 주어진 것인지 모릅니다. 오래전 고마청에서 뛰쳐나온 미친 군마의 발굽에 채인 저의 누이동생을 살리면서 저에게 다른 사람에게는 없는 천명의 능력이 있다는 것을 알았으니까요. 누님의 말대로 신이 저에게 천명의 권능을 부여했다면 제가 하는 모든 행동도 신의 의지와 같은 것이라고 생각해야 할 테지요. 누구는 천명을 돌려주고 누구는 돌려주지 않고 버려둔다면 그것도 신의 의지일 겁니다."

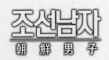

김동하의 말에 한서영이 머리를 끄덕였다.

김동하의 천명의 권능이 악인과 선인을 가리지 않고 모든 죽은 사람들에게 모두 천명을 다시 돌려줄 수 있는 것이라면 아무리 김동하에게 특별한 능력이 넘친다고 해도 절대로 버티지 못할 것이다.

그렇게 생각하면 김동하의 말이 옳았다.

김동하에게 다시 천명을 부여받은 사람들은 그것조차 신의 의지 속에 들어 있는 사람들이 선택된 것이라 할 수 있을 것이다.

한서영이 김동하를 보며 물었다.

"술 한잔 할래?"

"저는 술을 마시지 못합니다."

"맞아. 넌 어리지. 정상적이라면 고삐리 나이니까."

한서영의 말에 김동하가 머리를 갸웃했다.

"고삐리요?"

"고등학생이라는 말이야."

"고등학생은 뭡니까?"

김동하의 물음에 한서영이 한숨을 내 쉬었다.

"네가 살던 그 시대에는 학문을 배우려면 서당이나 학당에 나가야 하지?"

"서당이나 서원, 좀 더 학문에 집중하여 등과를 목표로 한다면 성균관에 입관하여 학문을 연마하는 것입니다. 특별한 경우 명망 있는 학자들이나 스승의 문하에 입문하여 학문에 매진하는 것이 유생들의 일상이라고 할 수 있을 것입니다."

김동하도 당시에 꽤나 학문에 대한 갈망이 많았던 어린 유생의 신분이었다.

아버지가 어의 자리에 오르면서 중인의 신분에서 벗어나 양반과 동등한 대우를 받으며 과거시험을 통해 등과를 할 수 있는 자격을 얻었다.

다만 품계제한으로 인하여 정3품 당하관의 이상은 오를 수 없는 것이 김동하에게는 신분의 제약 아닌 제약이 되어 있었다.

한서영이 김동하를 보며 입을 열었다.

"지금은 어릴 때 나이가 들어 8세가 되면 남녀를 가리지 않고 6년 동안 초등학교라는 곳을 다녀야 해. 6년이라는 학업을 마치면 다시 3년 동안 공부를 해야 하는 중학교라는 다음 단계의 학교로 올라가지. 그 중학교의 학업 3년을 마치면 고등학교라는 그 다음 단계에서 또다시 3년 동안 공부를 해야 해. 고등학교라는 곳을 마치면 배움을 더 갈망하는 사람이라면 대학교라는 상급의 학교로 진학을 하든지 아니면 더 이상 배움은 필요하지 않다고 생각할 경우 사회로 나가 자신의 일을 찾아서 스스로 인생을 개척하는 거야. 내가 말한 고삐리는 아까 말한 그 고등학교의 단계에서 공부를 하는 학생들을 살짝 비하해서 하는 말이고. 유진이 밑에 있는 우리 집 셋째가 바로 그 고삐리야."

한서영의 말에 김동하가 눈을 깜박였다.

"그럼 누님은 어느 단계까지 공부를 하신 것인지요?"

한서영이 대답했다.

"초등학교 6년, 중학교, 고등학교 합해서 6년, 대학 예과 2년 본과 4년. 모두 합해서 18년 동안 공부한 거야. 아직도 좀 멀었어. 전공의 자격을 따려면 4년 정도는 더 해야 할 것 같은데……."

김동하의 눈이 커졌다.

지금의 자신의 나이만큼 공부를 했다는 한서영이 갑자기 대단해 보였기 때문이다.

한서영이 잠시 술병을 바라보다가 머리를 흔들었다.

김동하를 앞에 두고 혼자서 술을 마시는 것은 술을 좋아하는 한서영으로서도 내키지 않는 일이었다.

"국 식겠다. 식사나 하자."

"예!"

두 사람이 마주앉아 처음으로 수저를 들고 식사를 시작했다.

식탁에 차려진 반찬과 음식은 백령도로 오는 여객선의 안에서 할아버지가 장담한 것처럼 맛있고 정갈했다.

한서영과 김동하는 식탁에 차려진 밥과 국을 남기지 않고 모두 비웠다.

곡도식당은 밤이 늦으면 식사 대신 여행객들이 술을 마시는 술집으로 변했다. 그 때문에 식당의 내부가 시끄러워지는 것은 어쩔 수 없는 일이었다.

식사를 마친 김동하와 한서영은 시끄러운 식당을 피해서 미리 부탁해 놓은 오늘밤 머물러야 할 방으로 안내되었다.

백령도의 해안에는 해안으로 밀려드는 서해바다의 파도 소리가 자장가처럼 들려오고 있었다.

＊　＊　＊

"꺄아악~ 이게 뭐야?"

서울 서초구 양재동 화전아트빌의 끝 쪽 저택에서 날카로운 비명소리가 울렸다.

밤 9시가 넘어가는 시간이었다.

서울의 알짜 부자들만 모여 산다는 양재동의 빌라 촌에서는 좀처럼 들을 수 없는 비명소리였다.

300평이 넘어가는 저택들이 모여 있는 화전아트빌은 일반인들은 집 구경조차 힘든 부촌이었다.

화전아트빌 끝의 대저택 2층의 불빛이 환하게 밝혀져 있었다.

저택 2층의 안쪽 넓은 거실에서 대형 텔레비전으로 케이블 방송에서 진행하는 음악방송을 시청하고 있던 앳된 여고생이 놀란 얼굴로 비명소리가 들린 곳을 바라보았다.

엄마와 아빠가 주무시는 안방이 있는 방향이었다.

부자들이 사는 부촌이라는 것을 증명하듯 집안의 가구부

터 천정에 매달린 샹들리에까지 모두가 값비싼 외제물품으로 집안이 치장되었다.

텔레비전을 보던 여고생이 소리쳤다.

"엄마! 왜 그래?"

하지만 비명소리가 한번 들린 후 더 이상 소리가 들려오지 않자 여고생이 놀란 얼굴로 일어서서 안방이 있는 방향으로 걸어갔다.

붉은색의 양탄자가 깔려 있는 이층의 복도를 걸어가고 있는 여고생의 얼굴은 딱딱하게 굳어 있었다.

외제 명품 옷으로 치장한 여고생의 얼굴은 낯이 익었다. 세영대학병원의 영안실에서 다시 살아난 최은지를 괴롭혔던 유채영이었다.

유채영의 눈에 아래층에서 황급히 이층으로 올라오고 있는 사람이 보였다. 앞치마를 걸친 40대의 아줌마가 놀란 얼굴로 이층으로 올라오는 계단을 뛰어오르고 있었다.

나선형으로 빙 둘러진 계단은 뛰어도 소리가 나지 않을 정도로 두툼한 양탄자가 깔려 있었고 양탄자의 위에는 먼지 한 톨 보이지 않았다.

이층으로 올라오던 40대의 아줌마가 놀란 목소리로 이층을 향해 소리쳤다.

"이사장님! 왜 그러세요?"

40대의 아줌마는 저택에서 근무하는 가정부인 마산댁 아주머니였다.

마산댁은 이 저택의 안주인이 한번 지시한 것을 듣지 않을 경우 히스테릭한 고함소리를 지른다는 알고 있었다.

그 때문에 자신을 부른 것으로 오해한 것이다.

유채영이 이층의 엄마와 아빠의 침실로 급하게 달려갔다.

이층의 제일 안쪽에 위치한 큰언니 유선화도 놀란 얼굴로 방에서 나오고 있었다.

팩을 하던 중이었는지 큰언니의 얼굴에는 하얀색의 팩이 붙어 있어 두 눈과 입만 보이는 기괴한 모습이었다.

둘째 언니 유가현과 바로 위의 오빠 유강일은 외출을 해서 아직 집으로 귀가도 하지 않은 상황이었다.

며칠 전 아빠를 졸라서 최고급 외제 스포츠카를 구입한 이후 둘째 언니와 셋째인 오빠의 귀가 시간은 점점 길어지고 있었다. 어제는 자정이 훨씬 넘어서 집으로 귀가했던 두 사람이었다.

큰언니 유선화가 얼굴의 팩을 손으로 두드리며 물었다.

"무슨 소리니?"

"엄마 방에서 비명소리가 들렸는데?"

유채영과 유선화가 안방의 문을 열었다.

저택의 일층은 저택에서 일하는 비서들과 가정부들이 기거하는 곳이었기에 이층에는 가족 외에 머무는 사람이 없다. 꼭 필요한 일이 아니라면 이층으로는 올라오지 말라는 지시가 있었기 때문이다.

이층의 곳곳에는 비싼 패물과 값비싼 물건들이 사방에 널려 있었기에 행여 누군가 손을 대는 것이 싫어서 이층은 아예 집안 식구들 외에는 얼씬도 하지 못하게 했다.

유채영이 문을 열고 들어서자 안방의 화장대 앞에서 잠옷 가운을 입은 엄마가 몸을 부들부들 떨면서 앉아 있는 것이 보였다.

"엄마 왜 그래?"

막내 유채영이 물었다.

뒤늦게 안방 문틈으로 얼굴을 들이민 아래층의 마산댁도 무슨 일인지 궁금해 하는 얼굴이었다.

장수란은 마치 벼락이 머리끝에서 자신의 몸을 관통하는 듯한 충격에 빠진 얼굴이었다.

유채영이 장수란의 곁으로 다가섰다.

"엄마! 왜 그러냐니까?"

유채영의 눈이 깜박이고 있었다.

최은지를 스스로 자살하게 만들었을 정도로 모질고 사악한 아이였지만 아빠의 영향력과 엄마의 어마어마한 재력으로 자신의 일을 무마해 줄 것이라고 자신하고 있었다.

아파트에서 뛰어내려 자살했다고 알려진 최은지가 어떻게 살아난 것인지 모르지만 최은지는 이미 학교에 자퇴서를 제출하여 더 이상 학교에 나오지 않았다.

하지만 자신과 친구들을 그냥 두지 않겠다는 최은지의 말에 겁먹은 친구들은 모두가 부모님을 졸라 유력한 변호사들을 선임해 두었다.

증거가 있다고 해도 상관이 없었다.

그 어떤 증거라도 아빠와 엄마의 힘이라면 무용지물로 만들 수 있을 것이라고 유채영은 생각했다.

유채영이 하얗게 질린 얼굴로 화장대의 거울 앞에 앉아 있는 엄마 장수란의 얼굴을 바라보았다.

순간 유채영의 입이 벌어졌다.

"꺅!"

좀 전에 장수란이 터트린 비명소리처럼 날카로운 비명이 었다. 큰언니 유선화가 다급하게 물었다.

"왜 그래?"

말을 하던 유선화도 거울 앞에 앉아 있는 장수란의 얼굴을 보는 순간 얼음이 된 듯 그 자리에서 몸을 굳혔다.

장수란의 손이 덜덜 떨리고 있었다.

거울에 비친 자신의 얼굴은 어제의 아침에 보았던 자신의 얼굴이 아니었다. 그야말로 논바닥이 갈라진 듯 쩍쩍 갈라진 주름투성이의 얼굴이 거울 속에 들어 있었다.

정기적으로 얼굴관리를 하고 주사를 맞으며 젊음을 유지하려 애썼던 장수란이었다.

거금을 들여서 성형수술도 하고 몸에 좋다는 약은 다 먹으면서 관리했던 자신의 몸이었다.

그 덕분에 50대 후반의 나이임에도 40대 초반으로 보일 정도로 팽팽한 젊음을 유지할 수 있었다.

막내딸 유채영의 일로 세영대학병원에서 소란을 피운 이후 이상하게 기력이 빠진 느낌이 들어 자신의 주치의를 찾아가 만났지만 별다른 이상이 없다는 말만 듣고 그냥 영양제 하나만 맞고 돌아온 장수란이다.

평소 자신의 미모관리에 특별할 정도로 자부심을 느끼던 장수란이었기에 지금의 모습은 그야말로 그녀의 혼을 빼놓을 정도로 충격적이었다.

유채영이 떨리는 목소리로 물었다.

"어, 엄마 얼굴이 왜 그래?"

유채영의 눈에는 엄마의 지금 모습은 70대의 노파 얼굴처럼 보였다.

아무리 성형수술의 기술이 발달했다고 해도 지금의 엄마 얼굴을 예전의 그 모습으로 돌리는 것은 불가능했다.

장수란이 덜덜 떨리는 음성으로 대답했다.

"내, 내가 갑자기 왜?"

장수란은 자신이 한순간에 70대의 노파처럼 늙어버렸다는 것이 믿어지지 않았다.

비록 50대 후반의 나이지만 어디 가서도 절대로 늙어 보인다는 말을 들어본 적이 없었던 장수란이었다.

그런 장수란에게 지금의 얼굴은 그야말로 악몽 그 자체였다.

큰딸인 유선화도 마스크 팩을 떼어내며 다시 한 번 엄마의 얼굴을 살폈다.

자신이 알고 있던 엄마의 얼굴이 아니라는 것을 느낀 유선화가 자신도 모르게 뒤로 주춤 물러섰다.

마치 만지면 자신도 엄마처럼 한순간에 늙어버릴 것 같은 두려움 때문이었다.

장수란은 떨리는 손으로 다시 자신의 얼굴을 손으로 만졌다.

순간 밭고랑처럼 패인 얼굴 주름이 너무나 선명하게 만져지고 있었다.

"아아아아악~!"

장수란은 악몽과 같은 지금의 현실에서 벗어나고 싶은 것처럼 비명을 질렀다.

날카롭고 뾰족한 장수란의 비명이 저택을 쩌렁하게 울리고 있었다.

"나가! 다 나가."

장수란이 마치 미친 사람처럼 소리쳤다.

누구든 자신의 곁에 오는 것이 싫었고 자신의 얼굴을 보는 것이 싫었다. 자신이 이렇게 늙어버렸다는 것을 누구에게도 들키고 싶지 않았다.

그것은 자식들이라고 해도 마찬가지였다.

유채영과 유선화가 하얗게 질린 얼굴로 뒷걸음질했다.

문틈에서 얼굴만 들이밀고 바라보던 마산댁이 황급히 머리를 뽑아내고 빠르게 아래층으로 내려갔다.

마산댁은 포악하고 깐깐하던 장수란이 한순간에 자신보

다 훨씬 늙은 할머니의 모습으로 변한 것을 보며 마치 귀신을 본 것 같은 표정을 짓고 있었다.

황급히 아래층으로 내려오는 마산댁의 등 뒤로 유리가 깨어지는 소리가 요란하게 울렸다.

와장창—

챙그랑—

거울을 바라보던 장수란이 자신의 침실에 놓인 화장대의 거울을 부숴버리는 소리였다.

장수란의 얼굴이 변한 순간부터 저택은 마치 유령의 집 같은 괴괴한 느낌이 흘렀다.

사람의 말소리조차 들리지 않았다.

장수란의 남편인 유정호는 오늘밤 부산에서 중요한 외국 손님을 만나야 한다는 연락과 함께 오늘밤 귀가하지 못할 것이라고 연락했다.

세민당의 국회의원 신분이었기에 유정호의 외유는 드문 일이 아니었다. 엄마의 변한 모습을 확인하고 다시 거실로 돌아온 유채영은 텔레비전을 볼 정신이 없었다.

유채영의 몸이 사시나무 떨 듯 떨리고 있었다.

이 모든 것이 최은지가 다시 살아나면서 시작되고 있는 것 같아 너무나 무섭고 끔찍했다.

"나… 어떡해?"

유채영은 참을 수 없는 두려움에 훌쩍이기 시작했다.

어린 나이였지만 속 내면에는 악마보다 사악한 마녀가

숨어 있는 유채영에게 의외로 연약해 보이는 어린 소녀의 습성이 남아 있었을 것이라곤 누구도 생각하지 못할 정도였다.

*   *   *

"이 선 넘어오지 마."

방바닥 한가운데 한 개의 요와 하나의 이불이 깔려 있었고 요 위에는 두 개의 베게가 놓여 있는 방이었다.

더운 여름이었기에 요는 조금 두툼했지만 이불은 무척이나 얇다.

해풍이 불어오는 선착장의 민박집이었기에 에어컨을 틀지 않아도 창문만 조금 열어놓으면 시원한 바람이 방안으로 들어왔다.

다소 황당한 것은 방안에 요와 이불이 오직 한 장뿐이며 베게만 두 개라는 것이었다.

한서영으로서는 김동하와 따로 잘 생각이었지만 요 하나와 이불 하나라면 어쩔 수 없이 함께 자야 하는 상황이었다. 그래서 선택한 것이 요의 한가운데를 중심으로 선을 만들어놓은 것이었다.

늙은 노부부의 침구였기에 실제로 선을 그을 수가 없어서 임시방편으로 몇 개의 물병을 찾아서 요의 중심을 구분하게 만들어 놓았다.

요의 오른편으로는 한서영이 앉아 있었고 반대편에는 김동하가 멀뚱거리는 얼굴로 앉아 있었다.

　김동하가 한서영을 보며 물었다.

"그렇게 입고 주무실 것입니까?"

　김동하의 말에 한서영은 자신의 모습을 내려다보았다.

　집에서 출발할 때 입었던 그 옷차림 그대로였다.

　그렇다고 아무 옷이나 갈아입을 수도 없는 상황이었다.

　행여 이대로 이 옷을 입고 잠이 든다면 내일 서울로 돌아갈 때 사람들의 시선을 끌게 될 것은 당연했다.

　더구나 아까 수돗가에서 세수를 할 때 클렌징을 챙겨오지 않아 애먹었던 기억이 너무나 생생하게 남아 있었다.

　어차피 내일은 화장을 하지 않을 것이니 걱정은 없지만 맨얼굴에 옷마저 구겨져 있다면 한서영으로서는 그야말로 최악의 상황이 될 것이었다.

　한서영이 주변을 두리번거렸다. 그러나 보이는 것은 쌀 포대와 노부부의 딸이 읽은 것으로 보이는 책들이 전부였다. 한서영이 김동하를 바라보았다.

"너 윗옷 벗어."

"예?"

　김동하가 멍한 표정으로 한서영을 바라보았다.

"윗옷만 벗으란 말이야."

　김동하가 물었다.

"제 옷을 걸치고 주무시려고요?"

한서영이 미간을 좁혔다.

"어쩔 수 없잖아. 이대로 입고 자면 내일 어떻게 돌아가?"

김동하가 할 수 없이 머리를 끄덕였다.

이내 김동하가 윗옷을 벗었다.

윗옷의 안에 런닝 차림이었으니 알몸은 아니었지만 김동하로서는 겸연쩍은 느낌이 들었다.

김동하가 윗옷을 벗어서 건네자 한서영이 받아들면서 입을 열었다.

"돌아앉아."

"알겠습니다."

김동하가 돌아앉았다.

이곳 곡도식당에는 자신들 외에도 민박을 하는 사람들이 제법 있었다.

그 때문에 외부에서 옷을 갈아입는 것도 힘들었다.

김동하가 돌아앉는 것을 본 한서영이 자리에서 일어나 옷을 벗고 자신의 맨몸 위에 김동하의 셔츠를 걸쳤다.

한서영의 몸이 그대로 김동하의 셔츠에 갇히는 것 같은 느낌이 들 정도로 풍성한 느낌이다.

한서영은 자신의 옷을 잘 정리해서 바닥에 뉘어 놓았다.

"이제 됐어."

부스럭거리며 옷을 갈아입은 한서영의 말에 김동하가 머리를 돌렸다. 한순간 김동하의 눈이 커졌다.

조선남자
朝鮮男子

자신의 윗옷만 걸치고 있는 한서영의 모습이 너무나 뇌쇄적이었기에 김동하가 눈을 질끈 감았다.

그 모습을 본 한서영이 굳은 얼굴로 물었다.

"왜? 내 모습이 이상해?"

김동하가 당황했다.

"아, 아니 그게 아니라……."

여자의 벗은 몸을 보는 것보다 이렇게 기묘한 옷차림이 더 뇌쇄적이고 유혹적이라는 것을 김동하는 처음으로 알았다. 김동하가 헛기침을 했다.

"험! 험! 저 잠시 나갔다가 와도 되겠습니까?"

애초에 김동하는 한서영이 잠이 들면 밖으로 나가 백령도를 돌며 살펴볼 생각이었다.

더구나 지금의 상황에서 방안에 한서영과 머문다는 것은 김동하에게는 참으로 고역이었다.

한서영이 눈을 동그랗게 뜨면서 물었다.

"어딜 가는데?"

김동하가 대답했다.

"잠시 저 혼자 곡도를 돌아볼 생각입니다. 시간이 오래 걸리지도 않을 것이니 금방 돌아오겠습니다."

한서영이 눈을 깜박이며 물었다.

"어머니와 누이의 흔적을 찾아보려는 것이니?"

"예!"

김동하의 말에 한서영이 잠시 눈을 깜박이다가 머리를

끄덕였다.

"알았어. 하지만 빨리 돌아와야 해. 동하가 돌아올 때 까지 자지 않고 기다리고 있을 거야."

"알겠습니다."

김동하가 대답하며 자리에서 일어섰다.

그 모습을 바라보던 한서영이 안타까운 표정을 지었다.

아무리 김동하에게 엄청난 능력이 있다곤 하지만 자신을 대동하고 백령도를 돌아보게 되면 그만큼 힘이 들 게 분명하리라는 것을 한서영은 알고 있었다.

또한 저 모습으로 외출을 한다면 김동하의 옷을 빼앗지 않았어야 한다고 생각했다.

한서영이 물었다.

"옷을 돌려줄까? 동하가 돌아올 때까지 기다리면 되는데."

김동하가 빙긋 웃었다.

"아닙니다. 사람들의 눈에 띌 걱정이 없으니 이 차림도 나쁘지 않습니다."

바지에 달랑 런닝셔츠 차림이었다.

하지만 탄탄한 김동하의 근육과 매끈한 피부는 한서영의 눈에 듬직하게 보였다.

김동하가 문 앞에 서면서 입을 열었다.

"제가 돌아올 때까지 문을 닫고 기다리십시오. 졸리면 주무셔도 될 겁니다."

한서영이 머리를 끄덕였다.

"걱정하지 마."

한서영의 대답을 들은 김동하가 문을 열고 밖으로 나섰
다.

곡도식당의 민박은 앞쪽의 식당구역과 안쪽의 민박구역
으로 나뉜다. 민박을 하는 곳은 긴 마루가 일렬로 늘어져
있었고 마루의 안쪽으로 숙박을 하는 민박용 방들이 여러
개 배치된 구조였다.

한서영과 김동하가 머물고 있는 방은 민박용 방과 떨어
진 식당인 주인인 노부부가 거주하는 방과 창고 하나를 사
이에 두고 떨어진 반대편이었다.

한서영을 두고 방을 나서는 김동하의 눈에 반대편의 민
박용 객실에 불이 밝혀져 있는 것이 보였다.

여행을 온 여행객들이었기에 낯선 곳에서 쉽게 잠이 들
지 못하는 것이다.

방을 나온 김동하는 민박용 숙소의 뒤쪽으로 돌아갔다.

식당의 뒤쪽으로 출입을 할 수 있게 만들어 놓은 문이 있
었고 문을 나서면 김동하와 한서영이 백령도 주둔의 해병
대 차량사고 당시 날아올랐던 곡도식당의 뒤편으로 이어
진다.

문을 나선 김동하가 크게 숨을 들이쉬고 하늘로 날아올
랐다.

파아아아앗―

김동하의 몸이 야조처럼 어둠 속에서 순식간에 하늘 위로 치솟아 올랐다.

한서영을 안고 있을 때보다 더 빠르고 더 높은 곳까지 치솟아 오른 김동하였다.

이내 김동하의 몸이 아까 날아갔던 방향과는 다른 방향으로 움직이기 시작했다. 백령도의 중심이라고 할 수 있는 진촌리가 있는 방향이었다.

진촌리에서 심청각 일대를 돌아 참빛여와 사자바위를 거쳐 북포리 방향으로 움직였다.

어머니와 누이가 이곳에 머물렀다면 사람들이 살지 않은 외진 곳보다는 사람들이 거주하는 거주지역에서 살았을 것이 분명했다. 하지만 어디에도 어머니와 누이의 흔적이 느껴지지 않았다.

김동하의 몸속에 있는 천명은 그야말로 말뚝을 박은 듯 요지부동이었다.

김동하의 말대로 김동하가 백령도를 한 바퀴 돌아보는 것은 한 시간도 걸리지 않았다. 백령도 전체는 거의 군부대로 이루어져 있다는 것만 확인할 수 있었다.

어디에도 어머니와 누이의 흔적이 남겨진 것을 발견하지 못한 김동하가 다시 곡도식당으로 돌아오기 위해서 몸을 움직였다.

백령도를 돌아보기 위해 곡도식당을 나선지 50여 분이 흘렀을 때 김동하는 다시 한서영이 기다리는 곡도식당으

로 돌아왔다.

"스승님의 말대로 한수 남쪽이 아니었기에 이곳은 아니었어."

약간 실망한 표정으로 중얼거린 김동하가 이내 민박객실의 후문으로 들어섰다. 출발할 때 불이 켜져 있었던 민박객실의 불은 이미 모두 꺼져 있었다.

김동하가 한서영이 머물고 있는 방으로 걸음을 옮겼다.

문 앞에 선 김동하가 문을 당겼으나 문은 단단히 잠겨 있었다.

잠시 고민을 하던 김동하가 아까 방을 나서기 전에 에어컨 바람 대신 창문을 열어놓았던 것을 기억했다.

어쩔 수 없이 반대방향으로 돌아 창문을 통해 다시 안으로 들어갔다.

한서영은 김동하가 돌아올 때까지 잠들지 않겠다는 약속을 어기고 잠들어 있었다.

긴 머리칼을 베게 뒤쪽으로 늘어트리고 곤하게 잠든 한서영의 모습은 참으로 고혹적이고 아름다웠다.

김동하가 없어서 불안했던 것인지 방안의 불을 켜놓고 잠들어 있었기에 잠든 한서영의 모습은 고스란히 김동하의 눈에 들어왔다.

김동하는 잠시 한서영의 옆에서 무량기를 운공할까 생각하다가 머리를 흔들었다.

잠시 혀를 찬 김동하가 불을 끄고 한서영의 옆에 누워서 조용히 눈을 감았다.

두 사람에게는 처음으로 맞이하는 동침의 순간이었지만 참으로 어색하고 무덤덤한 느낌의 동침이었다.

김동하는 고른 한서영의 숨소리와 희미하게 풍겨오는 한서영의 체향을 맡으면서 잠속으로 빠져 들어갔다.

"코로롱— 쩝쩝 코로롱—"

귓가에 익숙하지 않은 소리가 들려오자 잠들었던 김동하가 눈을 떴다.

김동하의 귀에 나직한 소리가 다시 들려왔다.

"코로롱—"

김동하가 머리를 돌렸다.

어둠 속이지만 김동하의 눈에 한서영이 이불을 걷어차고 요 위에 비스듬히 누워서 코를 골며 잠들어 있는 것이 보였다.

선을 그어놓고 절대로 넘어오지 말라고 엄포를 놓았던 한서영의 다리가 김동하의 허리 쪽으로 완전히 넘어와 있었다.

눈을 감고 코를 골며 자고 있는 한서영은 지금까지 김동하가 보았던 한서영과는 또 다른 모습이었다.

김동하의 입에서 어이가 없어서 실소가 흘러나왔다.

"코를 골며 자다니 참으로 기가 막힙니다 누님! 이러다 이까지 갈면……."

김동하가 중얼거리는 소리가 끝나기도 전에 한서영의 입에서 날카로운 소리가 흘러나왔다.

까드득.

이를 가는 소리였다.

순간 김동하가 자신의 입을 손으로 틀어막았다.

웃음이 터지는 것을 억지로 막은 것이다.

"골고루 갖췄네요. 미모에 총명함까지 더하고 그것에 코골이와 이빨까지 가는 것이라면 누가 누님을 이길까요?"

김동하는 한참을 한서영의 얼굴을 내려다보았다.

그리고 그것은 한서영이 일어날 때까지 계속되었다.

백령도의 새벽은 북한 땅에서부터 밝아온다.

희미한 여명을 시작으로 새로운 날이 밝아오기 시작했다.

곤한 잠에 빠져 있던 한서영이 눈을 떴다.

낯선 천정이 보이자 한서영이 몇 번 눈을 깜박이다가 놀란 듯 벌떡 몸을 일으켰다. 이곳이 자신의 집이 아닌 백령도의 민박집이라는 것을 그제야 자각한 것이다.

몸을 일으키던 한서영이 자신의 머리맡 뒤에서 앉아 있는 김동하를 발견했다.

"엄마! 아이씨~ 너 거기서 뭐해? 언제 온 거야?"

한성영이 놀란 얼굴로 김동하를 쏘아보았다. 잠에서 막 깬 얼굴이지만 한서영의 얼굴은 그래도 아름다웠다.

약간은 부은 듯한 얼굴이지만 아기처럼 뽀송한 한서영의 피부는 매끈하기만 했다.

김동하가 웃으면서 입을 열었다.

"제가 돌아온 것은 누님께 약속한 시간보다 더 빨랐습니다."

"그런데 내가 몰랐다고?"

"돌아오니 누님이 잠들어 계시더군요."

"그래? 근데 왜 그러고 있어? 넌 안 잔 거야?"

"저도 잠을 잤습니다만 누가 잠을 깨워 일어났습니다."

"뭐? 누가 깨웠는데?"

"누님이 잠을 깨웠습니다."

"내가?"

한서영이 눈을 껌벅이며 김동하를 바라보았다.

김동하가 웃으면서 입을 열었다.

"누님이 코고는 소리로 저의 잠을 깨워 일어났습니다. 그때부터 꼬박 두시진(4시간)은 누님 얼굴을 보았다고 해야 할 겁니다."

순간 한서영의 눈이 커졌다.

"내 코고는 것을 보았다고?"

"예! 코만 고는 것이 아니라 이빨까지 예쁘게 가셔서 지켜보는 재미가 있더군요."

한서영의 얼굴이 한순간 새빨개졌다.

"내가 코를 골고 이빨을 갈았다고?"

자신이 피곤하면 약하게 코를 곤다는 것은 인정하고 있었던 한서영이다.

그 때문에 인턴으로 근무하던 중에도 잠시 숙면을 취할 때면 늘 사람들이 찾지 않는 외진 곳이거나 숨어서 잠자기 좋은 곳을 골라서 잠을 잔다.

그런 비밀이·김동하에게 드러나자 한서영은 쥐구멍이라도 찾고 싶은 심정이었다.

김동하가 그런 한서영을 보며 웃으면서 입을 열었다.

"코고는 소리에 이 가는 소리까지 파도소리에 섞여 들으니 참으로 운치가 있었습니다."

"야!"

한서영이 새빨갛게 달아오른 얼굴로 소리쳤다. 고요한 민박집에 한서영의 뾰족한 고함소리가 쩌렁 울렸다.

그렇게 새로운 날이 밝아오고 있었다.

* * *

"여긴가?"

서울 역삼동 남영종합병원.

아직 여명이 채 걷히지 않은 남영종합병원의 정문 앞에 회색의 여름용 코트를 걸친 사내가 위쪽을 올려다보았다. 각진 턱에 콧날이 약간 매부리진 느낌이 드는 강퍅한 인상의 30대 남자였다.

한낮이면 더워서 입고 있는 옷조차 거추장스러울 정도의 날씨였지만 남자는 덥지도 않은 것인지 여름용 코트에 손을 집어 넣은 채 위쪽을 올려다보았다.

한순간 사내의 두 눈에 뱀처럼 사악한 눈빛이 흘러나왔다. 그의 두 눈을 보고 있으면 저절로 온몸에 소름이 끼칠 것 같은 섬뜩한 기운이었다.

하지만 왠지 그의 그런 기운이 김동하의 기운과 흡사하게 닮아 있다는 느낌이 들었다.

그것은 변형된 무량기와 같은 느낌이었다.

"꼭 찾아낼 수 있을 것이라고 생각했지."

사내의 입에서 쇠판을 긁는 것 같은 듣기 거북한 목소리가 음침하게 흘러나왔다.

역삼동 남영종합병원은 서초동의 황실옥에서 김동하의 손에 천명이 회수당한 뉴월드 조직의 조직원들이 입원한 병원이었다.

사내가 이를 악물며 병원 쪽으로 발걸음을 옮겼다.

"천명의 흔적은 수백 년의 세월이 흘러도 절대로 감출 수 없다는 것을 잊고 있은 모양이구나. 크큭."

저벅저벅.

비릿하고 차가운 느낌의 독백을 중얼거린 사내가 병원의 입구를 향하고 있었다.

〈다음 권에 계속〉

어울림 B O O K S
신인 작가 대모집!

어울림 출판사는 무한한 상상력과 뜨거운 열정을 가진 작가 여러분을 기다리고 있습니다.
창작에 대한 열의가 위대한 작품으로 꽃피울 수 있도록 저희 어울림 출판사가 여러분의 힘이 돼 드리겠습니다.

지금 도전하십시오!

모집 분야 : 판타지, 역사, 무협, 로맨스 등
모집 대상 : 아마추어, 인터넷 작가등 열정을 가진 모든 작가
모집 기한 : 수시 모집
작품 접수 방법 : 당사 네이버 카페 또는 이메일을 이용해 주십시오.

파일 형식은 제한이 없으나 원활한 원고 검토를 위해 '.HWP' 형식으로 보내주시고, 파일에 연락처도 함께 기재해주시면 됩니다.

채택된 작품은 정식 계약을 통해 출판물로 간행됩니다.
간행된 출판물은 당사의 유통망을 이용하여 전국 서점으로 배포됩니다.
※ 문의 사항은 **네이버 카페**(http://cafe.naver.com/oulim0120)를 이용하시기 바랍니다.

경기도 고양시 일산동구 장항동 43-55 성우사카르타워 801호
어울림 출판사 신인 작가 담당자 앞
전화 031) 919-0122 / **E-mail** 5ullim@daum.net

어머니가 돌아가시던 그 날,
이상한 소리들이 들리기 시작했다.

[에휴… 주식 또 망했네. 내가 다시는 하나 봐라!]
[애! 지각이다 오늘도 늦으면 안 되는데……]

타인의 마음을 읽는 능력이 생긴 한성
방황을 끝내고 아이돌로 데뷔하게 되는데…

[자꾸 내 마음속 읽으려 하는데 이제부터 하지 마.]

좌충우돌! 스펙타클!
한성의 탑 아이돌 성장 이야기!!

심술쟁이 현대판타지 장편소설

어쩌다 아이돌

어울림
OOKS